荒　言

吳鈞堯　著

【序】從歷史滄桑到生命滄桑

劉再復

(一)

此次到東海大學不久，就收到三民書局編輯部寄來的《荒言》排印稿。作者吳鈞堯先生希望我能寫幾句閱讀感受的話，我也就成了此書的第一讀者了。

和鈞堯至今未見過面。認識他的名字是在兩年前的秋季。那時我在落磯山下讀了他的小說集《如果我在那裡》（編按：該書蒐集〈燃燒的月亮〉等八篇金門主題短篇小說，及〈守衛黃正文〉等多篇得獎或決選短篇小說），一讀進去便笑個沒完。通過他的小說，才知道那些把自己形容為「看守烏龜殼」的士兵，眼睛並非盯著「總統府」，而是在搜尋路過崗站的女孩，他們實在太寂寞了，一個留著舊式清湯掛麵髮型的少女身影，竟然激起他們那麼多情感的纏綿。

那次閱讀真是一次難忘的開心的體驗。臺灣的當代小說，我讀得不多，沒想到竟有這種帶著傻氣憨氣質樸氣的幽默。除了開心之外，我還發現，鈞堯很有自己的敘事風格，換句話說，很有小說「藝術意識」。是否具有藝術意識，是我從事文學批評的一項尺度。中國小說發展的歷史已被寫成許多沉甸甸的著作了，但也可以用一句很輕的語言表述：中國小說史乃是從「故事」發展為「話本」再發展為「敘事藝術」的歷史。只有抵達「敘事藝術」，小說才是真文學。中國小說到了《紅樓夢》和《聊齋志異》，便走到了敘事藝術的巔峰。好的作家一定要有「藝術意識」，這是小說語言的自覺、結構的自覺和呈現方式的自覺。可惜當代小說家，往往只有小說觀念而無小說「藝術意識」，因此總是憑著一點觀念（如「虛構觀念」、「情節觀念」等）而下筆萬言，滔滔不絕不休，寫得太容易也寫得太粗糙，其形態很像話本，缺少可細品的韻味。而鈞堯卻不同於這些作者，他的小說藝術意識很強，有很高的敘述智慧和敘述本領。此次閱讀《荒言》，才知道他喜歡卡爾維諾。這是一個重要信息。它使我明白：無論是小說創作還是散文創作，包括這部散文新著，鈞堯都有一種卡爾維諾式的詩意敘述。二〇〇一年我在自己的文章中就談論過卡爾維諾。這位二十世紀的義大利小說天才，在《給下一輪太平盛世的備忘錄》著名講演中，就期待作家在面對愈來愈沉重的世界時，能夠以一種輕盈的姿態去把握與呈現，從而揚棄語言的艱澀和結構的晦暗，求得內在韻律與世界景觀的和諧。鈞堯採用的也正是一種以「至柔」（輕捷）馳騁進而「至剛」（沉重）的文本策略，所以創作的基調和審美趣味，是喜劇性的。只是這種喜劇性並非輕浮的嘻笑，而是從沉重的歷史積澱中超脫並且昇華出來的天籟般的訴說。

(二)

我不僅喜歡鈞堯的小說，也喜歡鈞堯的散文。去年十月，我到中央大學「客座」時，見到校園書店裡擺著他的散文集《金門》，立即站在書架前讀了幾篇，之後便買回家一口氣讀完。其散文語言如此精粹，洗鍊，活潑，乾淨，真讓我嚮往。

這次閱讀《荒言》，除了強化我對鈞堯作品的藝術印象之外，還發覺他的散文精神內涵的重心發生了變動。這是從歷史滄桑感轉向生命滄桑感的變動。《金門》寫的是歷史滄桑。半年過去了，《金門》中的蛇與碉堡，野墳與女鬼，山路與電影牆，防空洞與坑道，軍艦與樓閣等等，至今還記憶猶新。每一個意象，都凝聚著歷史，既是歷史的遺跡，又是歷史的見證。這些散文像是雕塑，象徵意蘊極強，它指涉著當代中國所發生的深刻變遷，無論是海的這一岸還是海的那一岸。蔣公塑像自然倒塌了，還需要用另一種力量來推翻嗎？當年屹立在海岸邊和叢林裡的碉堡，如今變成了墳。墳上還種滿相思樹。「孩子們在廢棄的碉堡上比賽撒尿」，這是鈞堯的神來之筆。這一把天真的尿水解構了一場慘烈的戰爭，也淡化了一段沉重而凝滯的歷史。而《荒言》寫的則是另一種滄桑感：個體生命滄桑感。如果稱歷史滄桑為外滄桑，那麼，個體生命的聚散消長則是內滄桑。內滄桑感本是一種「傷逝」，一種對生命消失的哀輓，本來也應是「重」的，但在鈞堯筆下，傷逝是一種哲學，一種提示，一種詩意的精神細節，一種告別式的生命之戀與歲月之傷，尤其是一種自我發現：發現身邊的他者（從外公、外婆、阿公、阿嬤、父親、母親、伯父、到心愛的孩子），都是自身滄桑的鏡子，都在映照自己的昨天與今天：「兒子喊爸爸時，像宣判我老了」；親人、友人一個一個消失，「再也沒有人能證明我也曾經年輕」。歲月的車輪如此殘酷，它從親人、故人、戀人身上一個個碾過去，也從詩人和他自己的青春身上碾過去。作者無奈地面對著親人與詩人的告別式，發現著，感悟著，反叛著，期待著，做著「拒絕生長、保住年少」的天真之夢，有如林黛玉在〈葬花吟〉中所表達的「花不要凋謝」「詩意生命不要消亡」的夢。關於這種個體滄桑感，我們不妨看看集子中的幾段敘述：

〈告別〉：

我對阿公、阿嬤，永遠是以十二歲的孩童對應七、八十歲的老人，外婆就不同，她七十我十二，她八十我二十二，她九十歲時，我結婚生子了。我慢慢從這對應裡發現一個殘酷關係，外婆留在七十歲，我卻一天天老邁，爸媽老了，故鄉變得陌生，阿公、阿嬤去世多時，小外婆幾十歲的伯母也亡故，我總是會在外婆身上看見一切都已經遠離。……媽媽囑咐我看外婆，我常不搭理，我抗拒的，是遠離這件事，我無法面對者，其實是自己。

有一次，參加文建會舉辦的作家登玉山活動，恰與詩人陳義芝同房，他對我隨側攜帶的書籍頗感興趣，右手拿下眼鏡，瞇眼，拿書的左手推得老遠，終於能讀出那是一本什麼樣的書。老了，他說。你幾歲了？喔，三十幾了，快的話，再過三、五年，也會戴上老花眼鏡。老，事物都花了，再不能以熟悉了數十年的距離閱讀完全沒有更變過的一字一行。那是一種推翻。我看著瞇眼的詩人，時光巨輪來了，磅然急馳，徹底把他碾將過去。燈光幽微，燈色溫暖，我訥訥看著詩人，後背微涼。沒有自外於時光的一事一物，若事物定格而沉處寧靜，若記憶猶新而未腐朽，我哀哀地想。我幾乎看見了詩人的告別式，那時，詩人也同我告別。而詩人同我告別時，我也在告別那一晚，告別這一生。

〈勇者〉：

以前不知道成長的代價是死亡，常繫念著青春痘多寡、課業好壞、跟戀愛造史等。不知道治癒青春痘，青春就遠了；找到深愛的人，就告別過去的各種樣子。……等意識到成長跟死亡的聯繫，就會發現死亡也在長大，而且，都像是忽然長大。

〈藥岱袞〉：

情人無意間的一個輕忽眼神，很容易轉化為情侶心中的絕症。

〈半老〉：

儘管除夕夜千篇一律，卻也深知那樣的千篇一律也將刻骨銘心。

〈繁花〉：

……有了小孩後，我想找出舊照對照父與子的異同，才發現照片早已散佚。媽歉疚地移出整個暗格，又取下泛黃的舊皮箱找。沒有。過去陷落，無聲無息，我好像吞下了一滴眼淚，卻沒嚥下，哽著，卻又無法哽咽。……

「我」的抗拒，其實是對自我青春生命和相關生命的無限眷戀。倘若不是酷愛生活，就不會發現時間的殘酷，也不會有告別時彷彿吞下一滴眼淚的哲人似的哀傷。在被財富、機器、概念所充塞所異化的時代裡，在靈魂幾乎被物質功利壓垮的今天，能有這種對人間情義的大執著和守衛生命本真狀態的大戀情，真是難得。讀了鈞堯的《荒言》，不會為意識到老而沉淪下去，反而會獲得一種肯定生命價值和建構人生意義的力量，其祕密就在這裡。不管對文學有多少說法，但我還是喜歡文學能給人一點力量，一些提升，這也正是中國樂感文化千百年來的呼喚。

寫於二〇〇六年六月五日東海大學

荒言

目次

哭笑

雷達

荒野

殘餘

結巴

逃亡

最真摯的語言，是笑；

最真誠的擁抱，是哭。

誕生

窗，被打開了。

那時，孩子發出賽跑遊戲的挑釁，繞著圓形的茶几爬。我跪著，像大貓，追撲他的屁股。孩子微小的身軀藏著祕密的快樂，大聲嚷嚷。我沿茶几的邊緣追，循環、再繞圈。兒子的小屁股在前面扭，我伸展身子搆，觸碰他的腳，他猛然一震快速逃逸。一圈、兩圈、不停兜圈子，偶爾，我會突然從單調的循環中打開讓人目不暇給的窗。

窗，一直存在的吧，像嗡嗡作響卻被隔絕門外的蚊子。蚊子終於潛進來，偷偷叮我一下，癢擴大。我看見小時候居住的三合院，我躺在木板床上不睡，卻比睡著更安詳，窗外，雄雞們翹起一隻腳，頂著火紅色肉冠，像無可非議的嚴肅，倨傲地站在婆娑起舞的木麻黃樹下。新雨後的泥地印著凌亂的雞的足跡，說明了雞活動範圍跟限制；幾隻麻雀站在一邊的臼杵上，對庭院裡堆積如山的玉米穗議論紛紛。

逝去的景逼真地懸在窗外，如一道流瀑，拚命流、拚命流，是一齣沉默但鼓譟的戲。剛足歲的孩子懂得回憶嗎？他曾在夢中發出「嗯、嗯」的討食聲，有次笑到全身顫抖，我凝神審看，確定他是一枚包裹海的記憶貝，迴盪浪的回音。嬰兒熟睡時意識依然開啟，紅色鈴鐺懸在夢裡的床上，他伸手抓破夢境，手因而舉得高高的；他看見牛娃娃在他小小的胸坎微笑，不知道牛娃娃被我握著，納悶它為何走兩步、退兩步，永遠、永遠原地踏步，他的胸坎成為既單調又遼闊的園地。他還無法判斷真實跟夢境，我似也感染那種恍惚，退化成小兒，忘記活在哪一個時空；那時，每一個來到窗前的景都說：我是真的。

從未想過時空渾圓如一顆卵，我是一條精蟲，客廳是子宮，提供食物的大門是臍帶，偶發的鈴聲、音響、電視，以及滲進屋內的汽機車噪音、叫賣聲等，是母體的心音。當兒子滑倒嚎啕撒嬌、討取食物、被禁止攀高委屈大哭，時空被攪得什麼顏色都不是了，我抱兒子，跳呵護的舞。

兒子構成我的子宮，且困住了我。

回想起來，兒子未誕生前已困住我。醫師持超音波診斷鏡，彷彿讀取商品條碼掃描妻隆起的肚皮。兒子如海馬漂浮在高解析度的螢幕上。知道我們的渴望的超音波鏡從各種方位找他，妻的肚皮被壓得像顆皮球。兒不知道哪來的力量弄亂他的海洋，不停旋轉，以太空人登陸月球緩慢的笨重感半舉右手。醫師為兒攝下一張二乘三的超音波照片。兒，比我的拇指還小，臉蛋、身形呼之欲出。在那一刻，我察覺自己的卑微與渺小，我好奇什麼是「我」？是身體、是靈魂，還是隨歲月不停改變容貌的臉？我並不懂得「我」，沒有證據顯示製造精蟲的欲望出自意志，我佔住身體活著，而一種更深的奧祕，卻佔據我跟我的身體存在。「無」透過奧祕的交集，不知不覺製造了「有」，我雖不認識這股力量，但無礙妻的懷孕，妻平靜幾十年的身體不由自主地動了。

我把手擱在妻的肚皮，胎動如潮湧來，在掌心畫了幾個神祕符咒。再過幾個月，看不見的基因就要鎔鑄成真實的生命體，他的眼睛大嗎？鼻子挺嗎？會像誰？當我站在育嬰房的透明玻璃窗後，窺探躺在床上的他時，可以清楚分辨兒抄襲我的五官、繼承妻的臉形，但最終，他沒有出現在我跟妻的一次又一次的勾勒裡，兒子只像他自己。

初生兒沒有一個有力的支撐點，頸、頭之間少了契合的螺絲，剛開始幾週，僅能以鏽蝕機器人的模樣艱難轉動。他也無法移動，被擺佈成一張沙發或一支電話機，在他的位置沉寂下來。三個月以前，他不知道在眼前舞動的是自己的雙手。門、人、衣物等事物混合成雜亂光影，世界在模糊裡掏空了。他不明白鏡子裡的人是他，或者，他根本看不到鏡子，他感興趣的是光，躺在床上，像個遺失控制晶片的機器人，朝燈光說話時，手腳不協調揮舞。

我刻意走進他眼眶，從他晶瑩的眼瞳看見清楚的「我」；他沒發現「我」，彷彿「我」被光穿透了、或者，「我」還不存在。

我學會左手抱他柔弱的脖子，右手撐住背，胳臂拱成枕，讓他靠著喝奶；我右掌曲握，幫他拍嗝；知道奶粉太稀會便祕、過濃會拉肚子，我輕柔擦他屁股時不忌諱臭味，且需留意糞便的顏色跟軟硬。我計算他喝奶的量、睡眠間隔，我繼承人父對子女的關愛，呵護他，猶如照料完美的、抽象的，依附自己、而不是依附在兒子身上的「父親」概念。我習慣當一個父親了。他在嬰兒車上踢舞，嬰兒車顛簸，像浪裡的船，我則是忽高忽低的風景。三個月後，他發現手跟腳，意會什麼是移動，無法忍受狹窄的嬰兒車。我絕沒料到他在沙發上學會生平第一次翻身，摔落地板，用紅腫抗議我們的疏忽，在難以呵哄的哭聲中，我體驗了痛。然後我知道，痛，確認了我的身分。

他蠢蠢欲動。他學爬。他觸摸。他注視。世界從流動跟不安中趨於穩定。

他知道茶几在沙發前，電話機在檯燈右邊，奶瓶擱在飲水機上，在半年多的等待後，我們的時空重疊，他看見我，相信我。他學站，卻還沒學會什麼是危險，我成為機警的獵犬，嗅著他醒來後興奮爬向門邊，我總是得拖著還在進行的夢跟尚未清醒的身體挪近，預防他摔痛。有時搶救不及，他痛哭時沒忘記投來責備眼神，彷彿說，這都是你的錯。我除了痛只有懊悔，他不再是少了螺絲的機器人，不再願意沉寂在單調乏味的姿勢，他精力像海，我是隨浪漂浮的船，也是承襲浪潮的岸。我疲於防堵危險，也堵住時間，忘記母親節已過，忽忽然竟到了該吃月餅的中秋。我的耳朵變靈敏，可以在抽油煙機轟隆隆的噪音裡，辨認兒子翻身的窸窣聲。我睡眠時也清醒，不時起來看他被單有否蓋好。

兒子還不是一個對話者，我不停跟他說話，教他學說媽媽、爸爸，教他認識手、腳、眼睛跟耳朵。他滿臉無知，語言成為自言自語的一面旗，我虛無揮舞。兒子難得回應，若有，也只是些單調的、碎裂的音節，反倒是逝去的故事被我召回，一幕一幕懸在窗外。兒子不跟我說話，我只好跟自己說話，逝去的、以為早已遺忘的情節，逼真呈現。我聞到腐敗青草的牛糞味，許多日子後，油綠綠的芽從乾扁的糞便裡長出來；我看見毛色參差的貓舔著爪子，覬覦掛在三合院牆上的黃花魚；一條長著黃綠絨毛的蟲含住一縷薄絲，倒掛著，從相思樹垂下，猙獰扭動。我活在倒退的時光中。

儘管是灰濛濛的十一月天，兒子吃飽、喝足，仍爬到冰涼的地板上，一心想玩。室內黑壓壓的，佈滿適合回憶的氛圍，兒子歡樂地繞了一圈又一圈，依然沒繞夠。我陪他爬，終於疲憊不堪，我忘了他不是一個對話者，喃喃地說，爸爸累了要休息，不能陪你繞圈，你自己玩吧。兒子突然間成為對話者。那時，他坐在地上，莫名的旋律環繞眉頭，兩顆大眼睛似咀嚼了神祕而顯得閃爍，突然間朝著我喊：爸、爸。

我望著他像凝視生命，看見自己映在裡頭，也映入豐富的單音裡，像空罐終於放進銅板，響著哪，將會一直響著，永遠響著，且接著會搖出許多聲音跟故事來。

我訝異而興奮地靠近孩子，他似是羞赧，或是以為叫得不夠準確不夠好，竟回過頭去。孩子的注意力回到灑了一地的玩具上，似乎忘記幾秒鐘前他曾是一個對話者。

我趴在地上，跟在他小小的身形後面爬，笑嚷說，你再叫呀，你知道我在這裡，你知道我是誰，從此，我就在這裡了。

繁花

我被許多不經意的事情包圍。

像萬花筒嗎？有點像，不過，我既是瞇眼看萬花筒的人，也是陷在萬花筒裡被自己看著的人。

你知道我所說的萬花筒吧？小時候，我常把玩萬花筒，眼貼近，筒裡飄著光的碎片，我跟著光影轉，在侷限的空間中想像浩瀚的宇宙。幾年後，萬花筒已被看膩了，偶爾，我聽見萬花筒的呼喚，會好奇：萬花筒在哪裡呢？我拉開客廳抽屜、爬到儲放棉被的大衣櫃、趴到地板上找，最後，我在媽的化妝臺找到了。萬花筒倚著檯燈，旁邊堆著紙條、皮夾、銅板跟鏡子等，萬花筒一直在舉目可視之處，我們卻在不經意裡遺忘了它。

萬花筒蒙了不少灰塵，但沒關係，身為一個萬花筒，內在比外在重要，我輕輕搖晃，活潑的色塊、繽紛的投射絲毫沒有褪色，只要讓鑲滿鏡片的身體維持完整，不管歷時多久，萬花筒都能提供燦爛的景。我又搖了一次，光片徐徐轉身，六面鏡子一起捉住光片的轉動，第一面鏡發出綠光、第三面鏡散出紅光、第五面鏡射出藍光；再搖晃一次，第二面鏡映出黃光、第四面鏡折出紫光、第六面鏡躍出青光。然而，誰是第一面、誰是第三面、第五面？

一旦進入萬花筒內，失去客觀數數的距離後，我能看見的，就是一面又一面的鏡子罷了。他們紛亂且聒噪，風景斷續飛來，猶如飛機，卻不依循軌道飛行，經常憑空失蹤。在家育兒的那段日子裡，時間失去習慣上的意義，我懷念朝九晚五的規律時日，想念辦公桌、空調，以及讚美跟詆毀的話。有時候，我會慢慢飄向遠處，靜靜看著屋內的自己，當孩子喊餓、或者做出危險動作時，我才快速回到現實，照料孩子。有一陣子，為了賺些外快，幫孩子找了個保母，我以為可以妥善處理事務，沒料到時空繞著我轉，記憶碎片夾雜大量人事物大幅進逼。我想果敢揚棄，以利刀斬絲，但越是如此，它們越是纏人，我重重坐在沙發，點燃菸時，發現自己已陷在萬花筒內。

妻子映在一面鏡子裡，我陪她走出大門，送她上公車。未過門前，我常在晚飯後送她上車。夜色已濃，霓虹燈像滾燙的火，一路延燒而去。避過火和光的小巷顯得靜而寂寥。到了站牌，我們臉朝左，車來，她上車，心朝向痛，她孤伶伶上車的背影因此被我記憶。生子後，我們輪番照料小孩，難得相偕外出，沒想到送她上車成為召回記憶的儀式之一。我沒有繼續往下讀，另一面鏡子裡映著幼兒坐在推車，他掙扎著伸長手，往電梯開關碰。我攔住他，跟他說，到保母家要乖乖的喲！他哪懂什麼是乖？頑皮又是什麼？未足歲的孩子只知道爬向有趣的事物。玫瑰為何得長刺？花為何是紅色？你會說，刺防止被摘，美麗的花吸引蜂蝶採蜜，以繁衍後代，但你說，孩子為何得爬？那是為了可以行走、長大，然後，他就可以離開我了嗎？我不由得略感辛酸，在另一面鏡子裡，看見吾兒三個月大的模樣。

那時候他還不會翻身，幾天前，剛發現自己有手，像個沒有上油的生鏽機器人，滑稽舞動。接著，腳被發現了，他踢高，方便讓自己看見，嬰兒車因而搖晃不已。是的，搖吧，我站在萬花筒內，跟孩子說，你要乖乖的喲，我跟妻送他到保母家，趁孩子未警覺前悄然離去。他哭了嗎？我不知道，我送妻到站牌，兩分鐘後，車來，她上車，我原來應該轉進一旁小吃攤購買午餐，不禁追隨妻的身影，繞進多年前寂寥的窄巷，我跟在身後，預期她的離開，感覺到痛。來了，熟悉的痛又來了，她找到了位子坐下，她不知道我在看她，我也不知道多年前不經意的一瞥會炙得這麼深；我終於發現，我無法預期我會記住什麼、遺忘什麼，有機、隨機構成記憶，無法以比例劃分。

我暫時無法讓你看見其他面鏡子的內容。窗外，一名水泥工人沿著吊繩垂落，他左手拿桶，右手挖著桶裡的土或膠，塞密建築外牆的空隙。電話響起，打錯的、找我的、推銷的、找妻的，我會順著電話、叫賣聲、中庭孩童的嬉鬧等，搖動萬花筒。我被許多不經意的事情包圍以後，才知道所能掌握的記憶竟是那麼少，而且有時候，我們的記憶居然寄放在他人那裡。不久前，堂姊跟我說，她有一張我的照片，要我去拿。

你會覺得奇怪，何不用寄的？我也提議了，堂姊追述五年多前，有一天有事外出，想留字給丈夫，要他自行料理晚餐，她拿起筆，腦裡的橫呀、豎啊、撇哪，竟忘得一乾二淨。她再度嘗試，字是寫出來了，卻忘記「我」怎麼寫？「飯」的右邊是什麼？如今，女兒讀大學、兒子當兵，沒有人識字，照片也寄不出來了。

我的童年照片極少，媽把照片跟房契、地契放在一起，用透明塑膠袋慎重包裹。我一直以為老照片被鎖在衣櫃裡的暗格中等我探掘。有了小孩後，我想找出舊照對照父與子的異同，才發現照片早已散佚。媽歉疚地移出整個暗格，又取下泛黃的舊皮箱找。沒有。過去陷落，無聲無息，我好像吞下了一滴眼淚，卻沒嚥下，哽著，卻又無法哽咽。堂姊告知時我很驚訝，我質疑，那真的是我嗎？

堂姊笑說，不是你是誰？你拿著鉛筆盒，阿公的秤錘掛在牆上，不是你是誰呢？高額頭、翹嘴巴，套著一件高領毛衣。我拿到照片了，萬花筒搖了兩下，呵，我記得套頭毛衣的領口很窄，每次穿它，我都像一隻急於脫困的鳥。我如果打開相片中的鉛筆盒，或許會找到幾支鉛筆跟一塊橡皮擦，並且看見幾年後，我穿過長滿青苔的窄巷，繞過廟口，踏上前往學校的路。萬花筒搖晃了，轉動的卻是堂姊的萬花筒，她長嘆一聲說，沒想到你已經長這麼大了。她低頭沉吟，萬花筒在她回憶裡旋轉、變色，最後，在不知道是第幾面的鏡子裡，她看見我誤吞一條玉米蟲。她說，你把玉米蟲咬得稀巴爛，嘴裡流下蟲體黝綠色的汁，你沒覺得滋味不對，還想吞下；我尖叫，嬸嬸即時發現，死力挖你的嘴巴；噁心哪，沒被嚼爛的蟲落到地上還扭著。難道你不記得了嗎？也難怪，你那麼小，還在學爬，當然不記得。

我臨走前幫堂姊寫信給當兵的兒子。第一頁信紙上，留著堂姊寫下的破碎的「我」字。那個「我」字，只有「橫」劃寫在正確位置，其餘的勾呀、捺啊、點哪，神經質式地隔在遠處。堂姊疑惑地說，這真是沒道理，我以前還教孩子做功課，現在居然連一個字都寫不好。她唸我寫，很快寫好。我再度看見不知所云的「我」字時，訝異是什麼樣的力量把「我」撞成那副樣子。笨拙的「捺」像一段阻塞的腸，粗糙的「點」是發爛的蘋果，「橫」雖正確了，卻了無生氣，像極了昏睡中的病人。

耳邊掠過堂姊嘆息的同時，窗外傳來嬰兒哭聲。

是我小孩的哭聲嗎？他能否適應保母的家？吃奶了沒？如果大號，是軟便還是硬便？睡了嗎？最好睡了，他熟睡的模樣一點都沒有改變，會比出「鹹蛋超人」可笑的手勢，嘴巴嘟嘟，臉頰鼓起，眼睫毛彎而翹，他什麼時候會翻身？三月吧；什麼時候學爬？那是五月的事；什麼時候學站？八月以後。我看不清楚了，我瞇眼，看著萬花筒內的自己找尋一幕幕影像，然而，鏡子之間沒有明顯界線，事件在不經意裡被記憶，也在不經意間遺失了，在許多的不經意間，孩子會翻身、學爬、走路，在更多的不經意以後，孩子長大了，會頂嘴、算數跟英文；他會懂得打開大門，走出去，找尋自己的萬花筒。他還會記得滿月前，窘紅著臉，掙脫重重包裹他的棉袍嗎？他會記得足歲時，連我上廁所都得跟在旁邊的事嗎？

入夜了，我到保母家接孩子回來。他正在客廳爬著玩，聽見門鈴聲急忙坐著望向門口。他專注看我，一秒、兩秒，然後「呀呀呀」興奮大喊，一路爬來。我蹲下等，他小小的手掌落地，清脆響著，臉上的期待變成急切，離我兩公尺時忽然哭了。我哄他，抱他上推車，他被夜色吸引，對電梯開關依然興致盎然，回到家後，他會把玩膩的玩具丟得滿地，再把抽屜拉開，扯出一本本相簿、熊娃娃、鉛筆、便條紙、玩具汽車。亂。

地板亂得溫暖、可愛，地板亂如一個萬花筒。

兒子玩膩後賴到我身上撒嬌。我們一起迷失了，忘記時間，忘記天色已黑。然後，兒子不經意的姿態會飄進我的記憶裡。

多年以後，我會聽見萬花筒的呼喚；看見現在。

圈圈

你可能曾像我一樣，不經意地墜入繁雜的記憶裡。

記憶們不依序排列，像骰子吧，隨機組合。譬如在一個豔陽高照的冬日，我走進暖而熱鬧的光裡，尋到一種熟悉的氣氛，覺得童年很近，現在很遠。這是什麼緣故呢？一天早晨，我從渾噩的夢境翻醒，遲遲不肯下床，思緒慢慢飄到遠處。我看了一眼熟睡的妻子，她明媚的雙眼皮如百合垂落，緊抿的嘴角掛著一絲絲警覺，預備隨時醒來，探視兒子是否蓋好棉被。兒子側睡，身體半曲，他還能想起住在子宮裡的日子嗎？最激烈的模糊莫過於擁抱親人，卻遺忘自己到底是誰。

我看著最親近的兩個人，有時覺得，這世界跟我一點關連都沒有。

婚後，妻常提起熱戀中的事，敘及不少細節，問我記不記得，我皺眉沉思，既然她說發生了，就一定發生了，她不是一個會捏造故事的人。多年來的戀情已濃縮成幾個畫面，偶爾出現，經常蟄伏不出。她看出我的不安，我只好敘述她走出板橋家中的電梯，額頭留著一撮鬈髮，「那天，我陪妳到舊書攤賣書，沒錯吧！」我常送妻到路口等公車，她踏上車廂時我仍未走，看見她找到座位才鬆了一口氣離開。

忘了究竟是哪一年的哪一天，她以節省為由，仍阻止不了我購買錄音機，竟坐在街道哽咽。我說了什麼才止住眼淚呢？我不記得了。

就算是在寤寐的清晨醒來，想到往事仍覺清晰。怪就怪在這裡了，擁有這些真實記憶的人，為何會在一天的早晨感覺人生模糊，因而溢滿愁緒？腦海濺起數不清的事件，就拿高中那年，我跟同學到北橫健行來說吧。不知道河川法規，我們在河域百公尺內紮營，隔晨被開罰單。我們憂慮如何籌措幾百塊的罰款，這會列入檔案，給每個人一個前科嗎？沒料到無稽的戒慎，十餘年後還清晰若是。回到國中去吧，我走上講臺，雙手扶著黑板，蹺高屁股，等待急雨般落下的藤條，我摸摸屁股，沿下課後的窄巷走去，三、五名叼菸的國中生跨坐圍牆，如伺機咬齧的豹。事情發生了嗎，那幾頭豹們？我忘記當天是否發生，所謂的「當天」已經跟許多個「當天」混淆，總之就是有那麼一天，豹們果真躍下，或許這一天早被預期了，我慌張卻不意外，帶頭的豹說，「有沒有錢？」包括我在內，所有人搖頭，又急著點頭，臣服於拿著美工刀的豹們。

我想到在大溪當車掌的女孩，她邀我到關西，探訪深林裡的蝙蝠洞。我們在午後穿進蓊鬱的林徑，越走天越陰，彷彿再走幾步，就會誤入走不出來的迷境。我怪她、她怪另一名同事，蝙蝠躲得那麼遠，沒事幹什麼找蝙蝠？隔一週，女孩聲稱要給我驚喜，我準時出現桃園車站，沒看見「驚」，也沒瞧見「喜」，是我太笨嗎？

女孩沒有失蹤，就此失去聯絡。我還會想起哪些事呢？我跟她徒步走進夜裡的金山活動中心，沿途的墓園沉寂卻不寧靜，如今，女孩遠在他國，我仍握著她冰冷的手，一直走著走著。我想起一起旅行的玩伴們，此刻，鄭某早已醒來，悄悄刷牙、洗臉，推門時沒有吵醒熟睡中的妻兒，整理妥計程車，在路邊啃著飯團跟油條。張某提公事包，到市政府上班；林某叮嚀已讀國小的子女，過馬路要當心車子。

這不是思緒飄得最遠的一天，但是，夠了，不管事件多麼遙遠，事件裡的人到後來變得如何不相干，他們都在記憶裡佔有一席之地，且嚷嚷地跑出來。

記憶開始繞，假設以國中時的豹們為起點，我會遇見當車掌的女孩、遠在異國的女孩，以及鄭某、張某跟林某。重新再繞一次時，未必依照順序，可能會在兩個女孩中間夾雜一位養貓的女孩。她的貓丟了，這干我什麼事，但我就是會看見她焦急沿著山路喊貓咪的畫面。林某可能會在這次循環裡失蹤，我會看見愁苦的巫某叨叨敘述迷戀住在山邊的女孩；女孩寫詩，我見過的。巫某痛苦陳述，愛一個人真的要包容她的一切嗎？比如，她如春天花蕊的情史，此刻還在綻放著呢，不痛苦就不算愛？巫某說，我雖不懂，但沒辦法，我除了愛她別無選擇。躍入思緒的，可能是我新婚後的事，為了爭奪一本散文集的優先閱讀權，妻又哭了；如果不是這樁往事，或將映現爺爺站在三合院的土坡上，流淚，目送遠赴異鄉的我。也有可能看見帶給我大量憂傷的女記者，她不允許我愛她，我卑微央求，她仍死力帶上車門，而後，我就一直一直走著，卻怎麼也走不近她身邊。

那些在我記憶打轉的人，沒有一個人知道我看著熟睡的妻兒想起他們來。兒子轉身正對我，他的五官酷似我，妻說，她單獨陪小孩時，多次以為他就是我。說完，為了滑稽的誤解哈哈大笑。我想，這是可能發生的事，比如，仍記得我幼時模樣的媽媽，不經意地忘記時間，以為孫子是她兒子；如果沒有人驚動，媽會抱著孫子沉沉陷入三十年前的時空。媽恍惚驚醒，看到我跟孫子，彷彿做了一個三十年的夢；而這長長的三十年歲月，就在兒子往前跨了兩小步後碎了。

我選擇辭職，陪伴吾兒成長，是這個原因藏下此刻的疑惑，還是疑惑早已存在，我的決定進一步擴大疑惑的寬度；於是深化、也模糊了。不久前，我應邀參加五天的營隊。我好奇想像，五天後我歸來，兒子看見我還能想到什麼？他晨間醒來，斷續喊爸爸時，我一直沒有出現。他不停喊，感覺這樣的一天似乎有些不對勁，但餓了仍要吃飯、累了還是沉睡，吾兒還沒有「一天、兩天」的觀念吧，僅能以一餐、兩餐、遊戲跟睡眠的節奏，感覺我不見了。

在伴隨兒子的日子裡，我常遺忘今天是哪一個月份、哪一天，吾兒醒來後妻子已去上班，孩子興奮怪叫，漫無目的地走來移去。足歲的孩子不能算是個對話者，他是讓人費思的奇妙生物，不能瞭解，只能揣測；我對他來說會是什麼？擁抱跟食物的提供者，臉頰有鬍渣，常坐在沙發看電視、報紙，跟他講些聽不懂的話。一個灰濛濛的冬日，窗外射進慘澹的光，兒子掀出抽屜裡的照相本玩，我懶懶趺坐，沉寂感擴大，我慢慢沉澱，記憶開始繞了。

當然是了，記憶的繞法每一次都不相同，我打開露營時被開的罰單，跟同學站在營地合影；擅打乒乓球的同仁扭動腰身，捕捉一記殺球，卻滑稽地揮空；法師坐在廣場前，信徒跪拜，恭請法師加持；奶奶怕我餓，站在三合院土坡上，喊我回家吃飯；妻子出門上班，門把上的風鈴清脆響起；女孩會孤獨過她的情人節，沒有巧克力，只有貓陪；有個女孩決定不愛我後便結婚去了，她的孩子現在已經會走路。

我還會想起什麼？我也無法臆測還能想起什麼？我擁有很純粹的、很單一的時間，我在靜止裡奔動。

我沒有人可以說話。

兒子要我抱，我抱起他一直走著走著，卻怎麼也走不出屋子。繞吧，從沙發走到飲水機，走到玄關，走到浴室的門，進房間，再走到客廳的沙發上；兒子指了指陽台，沒錯，還沒繞到陽臺，走吧，一直走著繞著，繞著走著，喝水、吃稀飯、換尿片、抱抱、睡覺、吃餅乾、擦屁股、抱抱、喝奶；對了，一天結束前一定要喝奶。明天呢？明天還是一樣，繞吧！走吧！喝水、吃稀飯、換尿片、抱抱、睡覺、吃餅乾、擦屁股、抱抱、喝奶。我從每個頓號中逃脫。

我從逃脫的頓號回來後一身是傷。

說對了，沒有任何一個人知道我在寂寥的冬日裡想起他們。我在每一個動程裡回到兒子旁邊，來，喝奶了，吃餅乾了，孩子顛著醉酒的步伐，張開嘴啃住我手中的餅。

誰能想到？連我也想不到，送食物入他的口是件幸福的事；誰能想像奶瓶裡的奶水從一百五十CC降到一百CC再降到五十CC又降低到五CC的過程中，我是完全沉靜的。在這裡面，沒有紛爭、沒有事件、沒有我。

該睡覺了。兒子會在兩小時後醒來，再不睡，我會錯過妻子臨行前的風鈴聲；老天，我哪能錯過難得的睡眠呢？該睡覺了，再不睡，我會錯過兒子起床時可愛的伸懶腰模樣。模糊了，回繞的一天開始繞吧！我會記得這一天，儘管「這一天」跟下一個「這一天」沒有差別。

同遊

父親剛到日月潭就病了。

他沒講病了這事，倦倦看著湖光山色，直到行李放進救國團活動中心木屋，我跟妻、還有小雨（我小孩），興致勃勃準備出發踏青，他才說幾天前還好好的，就在這一兩天，忽然病了。我出遠門慣常帶些解痛錠、感冒藥等，忙取出來給他服下。沒那麼快好，父親疲倦地躺坐沙發椅，頭髮斑白雜亂，連鬍鬚也沒剃。父親素來不理會身外之貌的，但我搭計程車接父親一起到車站，看見他滿下巴的鬍鬚仍有些驚訝。因為這是出遠門，父親竟打算讓這三天都堆滿雜亂鬍鬚。

我帶了刮痧板跟疼痛藥膏，讓父親脫了上衣躺在床上。他皮膚乾燥，藥膏才抹上，就被吸收了，像是一個飢渴極了的身體。我抹了重重的藥膏才刮得動，一刮，果然紅，不久便呈慘紅，血色透出。父親似乎舒服些了，小雨初始很耐心地等在一旁，慢慢失去耐性，忙說趕快走吧，他得去逛逛。父親跟兒子都是第一次來日月潭，我跟妻曾自己來過，後來也因為救國團舉辦文藝營隊，曾來駐營幾次。印象較深的那次是陳祖彥任幼獅文藝主編，晏山農來授課，王家祥則是一路走進來，駐營的還有紀大偉。

陳祖彥邀了晏山農、王家祥到哲園喝咖啡。那天陰霾，水上蕩漾的水氣雖淡，但一路延展，仍把潭的輪廓、山的輪廓都一齊遮掩了，只留下一小塊蓊鬱的山頭突起於霧氣的十面埋伏中，一夥人不自禁低下頭、眼睛上瞟，齊望向透光的山頭。霧氣緩緩離去，彷彿有些不甘不願。來文藝營駐營前，我被書櫃倒下的玻璃劃傷右臉。從鼻翼到嘴唇劃了一道傷口。我在找一本書，玻璃裂開瞬間，乍起一道反光，竟似霹起沉默的雷，我緊咬嘴唇想，我該要失去鼻子了，腦裡想著沒有鼻子將變得如何時，右手卻機伶接住裂成兩塊、且快速倒落的玻璃。還好我接住了，那時候小雨剛足歲餘，正爬行腳邊，我忙著喊妻，低頭看小雨有無受傷，地上已灑了好些血滴。時約八十八年元月，我在家裡帶孩子，到五月，陳祖彥退休，我頂替她的職務，實乃始料未及。我跟家人逛著活動中心園區，不禁想起往事。

園區坡道忽上忽下，小雨被這單純的趣味逗得玩性大起，我們走上園區最高處，日月潭只剩下小小的一面寶藍色鏡子，浮在層層疊翠的樹浪上，陽光突圍雲間，鏡子便亮得讓人睜不開眼。父親會答允同來日月潭是有些意外，仔細一想，小雨也就是答案了。父親不慣常走動，他覺得旅行是愚蠢到家的事，想不懂哪有人會千辛萬苦拖著重行李，花冤枉錢，受許多罪，只為了看一眼所謂的好風光，比如，眼前的日月潭。

他老是說，再怎麼看，還不都一個樣，有什好看的？我在元月底跟他說時，他就這麼回我，但去不去？考慮了一下，還是去了。小雨就讀幼稚園前，跟父親全然不熟，每次到父親家裡過節、吃飯，總嚷著快點走。上幼稚園是個麻煩事，好不容易才想出下課後到父親家裡，我再來接的法子。剛開始那幾天，我回父親家總看見小雨安分守己看電視，祖孫兩人中間隔了一個座位，一副井水不犯河水狀，兩個感情都小心、收斂的人，終於是在三個月或半年後，忽然打成一片。起初是爺爺去鬧孫，說要親他，孫忙著跑；後來是孫騎在爺爺的頭上了——我是說真的騎在父親頭上了，兒子在父親吃飯時，騎上肩頭，抓著頭髮當馬鬃，急得一旁吃飯的母親著急地說，阿公頭髮沒洗，有頭皮屑，很髒。父親被騎著，卻似國王坐輦，神態得意。父親吃完飯，要去親孫，逼得小雨到處躲。躲無可躲時，孫便猛然一個個小拳，擊中父親背部、肩膀、大腿，父親大聲斥喝，這麼大膽，連阿公都敢打。他聲音雖大，卻滿眼笑瞇瞇。

我猜想，父親大約是被這漸趨逼緊的日子逼出病來。我從元月底開始規劃這趟旅遊，還讓出一雙頭寬、底大，好穿的休閒鞋給他。父親老愛跟小雨說，阿公要不要跟你們出去玩呀？小雨剛被問時，會說好呀，一起去，這時，父親就笑得很滿足，把小雨問得煩躁時，小雨乾脆說阿公不要去，父親卻說不讓去偏偏要去。父親是被自己的期待給逼出病來的吧，而他期待的也不是日月潭，而是一趟跟家人共同出遊的機會。老人慣有的不眠跟興奮，讓父親一進活動中心小木屋就病了。

父親睡到傍晚。他食慾已恢復，吃足一個小火鍋跟一碗白飯，才恢復精神。夜間，他留在屋裡休息時，我跟妻、子帶了手電筒散步到哲園。途中拐角處不知何時開出一條路，盡頭竟是好大一片露營區，鬧出濃濃烤肉香跟喧嘩的談話聲。旅行已是臺灣家庭的節慶了，帳棚搭在地上也搭在車頂上，我還熟悉的是屋式帳、折疊鍋，最陌生者是火源。以前我用汽化爐烹飪，得不斷擠壓、練習技巧才能掌握火源，現在都用罐裝瓦斯，一開就有。營區頗大，但已擠得分不出空隙。妻說，真羨慕露營，她從未露營過，很希望能嘗試一次，我則興趣缺缺。我高中常跟朋友四處野遊，多是露營，也借住國小教室，我還曾經獨自露營，不可思議地獨立搭起六人屋式帳棚。

隔天，我們購買環湖票券，可搭船、可遊湖。來日月潭多次，卻是第一趟爬上慈恩塔。父親坐在樹下歇息，每走一層，父親便縮小一點，走到最頂，父親只剩一個小人形，小雨說，他的腿都在發抖了。慈恩塔望外，日月潭盡在眼底。我直到七月底參加文化總會「逐鹿之旅」，才知日月潭經過加工改造，如同大陸三峽大壩，為了築壩淹了底層，日月潭淹了原住民好些歷史，水位提高到可以發電、遊湖的深度。而日月潭的水則需穿越十五公里的函道，去引濁水溪。我在二月底望見日月潭時，是不知這些事的，只見山轉水轉，水在山前、山後，像大塊水晶、像小片碎鑽，搭著竄升的山嵐、下墜的霧氣，以及綠絨絨的樹冠，使我有作勢成箭，射入這塊景致的念頭。

父親安然坐在樹下，他說這些沒什好看的，他倒是在環湖時難得地跟駕駛搭說起來。父親原也是開船的，我跟小雨說，要不要跟阿公回金門捕魚呀！有一度，我是很想回故鄉去的，散文集《金門》引起鄉人迴響，我也上《金門日報》副刊回應了田與杜、陳延宗、林慈惠等文友的文章，歸念之情越發滋生。我「說服」小雨，也讓他期待不已，但前陣子再問他，他卻說不回了，他說爸爸的故鄉在金門，爸爸是金門人，媽媽生在臺南，是臺南人，他呢？他生在臺北，臺北是他的故鄉。我勾勒孩子在金門、臺北兩地的發展，但，那都是沒有盡頭、不知道風景的想像，如同父親、母親帶領全家遷臺所面對的無知、陌生跟恐懼。七月底，文學「逐鹿之旅」，遊覽車上有本省、外省，獨派、統派，我們一起遊潭，看水聽風，一起參觀森林，知道平原的上游是臺地、再上去是山、是森林，每一株站在林間裡的樹木都在思考它們獨一無二的生存法則，而當一場狂雨灑自天際時，抖動的樹葉折損了雨勢的沖刷力量，落葉吸滿了雨水以維持水土，每一片葉子都在發揮自然給予的作用，那力量分則渺小，合則奇大，大到足以拱護整個江山了。我們以為的順理成章的生存法則，其實有股默默的、龐大的力量維續著。

我沒邀父親同來，他來旅遊，簡直像個小孩，卻是個很難哄得快樂的小孩。他會說，這些沒什麼好看的、好玩的，再怎麼看、玩，不都是一個樣？

不都是一個樣。

這是一個已經無欲的父親。但知道若我邀請，他還是會來，不為我，卻是為了他的孫。我想起元月規劃旅遊時，是為了給自己一個期待。這期待，稍稍減卻一個年頭又已經開始的壓力。這壓力是關於失去跟青春不再的痛楚。如今，二月底的、七月底的日月潭之旅都已過度了，父親跟我都老了半載，兒子卻在旅程之後，升讀幼稚園大班。

排隊

九點三十分，岳父要來接小孩到新店。現在到未來，只一點點距離，兒子卻焦躁不已，老盯著時鐘，怪時間走得慢。過了好一會兒，分針才艱難地從八移到九，兒子氣憤了，咆哮說，這時間、這時間，未免走得太慢了。一到二、二到三，以及五到六，像未來，永遠不會來。

為驅散他的注意力，我建議玩遊戲，他不玩，一心一意盯著秒針、分針。他可以不玩遊戲，卻不能不聽，於是我開始瞎掰。我說，別埋怨時間過得慢，有一天，我變成很老很老的老阿公時，你那時候也老了。我彎腰，佯裝駝背。我說，走不動時，我只好搭你的肩膀走。兒子急急地說，別搭我，我也老了，扶不動你。我沒理會他，接著說，你也累，想找一個人搭，才發現你的小孩走在前頭，便搭在他的肩上。我後面原來也有人搭著我，是外公、外婆、阿公、阿嬤，還有阿祖。臺南的阿祖跟金門的阿祖。

一排手、肩接連的老人走在街上，他們過馬路，燈轉紅時，卻還沒走過一半。一排老人阻攔了路口，車輛的喇叭聲沖天嘎響，急躁的司機且還頭手伸出窗外，朝老人們吼叫。

但是，我們要理會那些車子嗎？我問孩子。他哈哈大笑說，不管他們，得繼續過馬路。他因為接受了這個故事而覺得羞愧，又氣又急，就是不笑，眼睛硬是彎成半圓。

我彎腰駝背，上氣不接下氣地跟前面的兒子、後頭的爸媽說，我們趕快過馬路吧，喇叭聲震得耳朵好痛啊。我邊說，邊艱難移動腳步，地上的斑馬線無盡頭似地，永遠走不到。兒子終於看得哈哈大笑。

不管多難熬，九點半還是會來，兒子偕岳父去新店，我編造出來慰解兒子的老人卻持續在過馬路。我手臂搭在兒子肩上，露出小截手腕，上頭黑點密佈。以為垢沒揉掉，抽出手揉，揉紅了皮膚，垢卻去不了。我訝異，不知這是怎麼一回事，回頭問爸爸，卻看見爸爸手臂上也有垢，一樣深黯的垢。他的臉也有垢，那是一張再也洗不乾淨的臉。我不禁納悶，那是爸爸嗎？變慈祥的爸爸，臉頰也來得豐腴，這就是當年處罰我罵髒話，我奪門而躲，他卻卸下門板、拆了床板，揪我出來，眼珠子快爆出血的年輕人？如今，他的氣力已不見，手臂擱在我肩上，越擱越沉。我再看他的臉，早不見豐腴，垂垮垮的臉皮有許多褶皺，那褶皺像可以掀開，再道出好幾個故事。

我想起國中搬到臺灣，第一次遭遇有感地震。吊燈搖晃，酒櫃忽上忽下，房間的直立鏡「啪」地一聲落地。我以為是傍晚下課，沒聽爸爸的交代洗菜，他生氣了，房屋因而震動。我真以為是憤怒的爸爸一手一邊，抱住小房兩側，在那裡左右搖、前後晃。之後，才知道那是地震。雖知真相，爸爸生氣搖撼房間的想像竟無法抹滅，我相信爸爸真有那股力量，至今也不疑。

再過幾年，爸爸就有資格領取老人年金。他當年為防兵役，晚報戶口，早已六十五，卻還沒六十五。而現在，他豈止六十五，簡直九十五，跟外婆一樣長壽了。

是聽到我的話嗎？外婆從爸、媽身後探首微笑，她一點都沒老，還是九十五歲的樣子。有一次回金門探望外婆，她的房間櫃子擺了很多相簿。外婆中風，仍可言語，卻甚少說話，媽媽或舅舅拿照片，問她那是誰？

誰？誰是誰？外婆或搖頭不語，或突然說，我當然知道那是蝦米人。然後，又是一段長的、深的沉默。外婆中風後，老態才顯，九十幾歲了，卻像幼兒一樣，被外傭綁兩個紅色的小小蝴蝶結。沒想到我會這麼思念外婆，夢過她來我家，嘴巴張呀張地，說什麼我沒聽懂，還是我聽不懂？相簿裡有十年前大哥回金門補請婚宴的照片，爸爸坐在插了一根好長甘蔗的三輪車上。瘦瘺瘺的爸爸，兩頰凹，婚宴當天頭髮也沒梳理。那是從前的爸爸。兒子就讀幼稚園後，如何接送是一大困擾，幾翻推敲，終於排定下課後先到爸爸家。起先，一老一小隔著遠遠的沙發坐著，然而，有一種變化正在發生，不知不覺，老的，竟成了馬一匹，被小的騎在肩膀，抓起又白又硬的頭髮，當作鬃毛。

媽媽在另外一本。她不知赴誰的喜宴，燙大波浪捲髮，年約四十幾。那種我沒發現的變化也經過她，把臉化圓，氣質變柔，鬢髮垂下耳朵，兩綹雪白。

為慶祝岳父六十大壽，原來排有金門旅遊。岳父在小金門服役，搭了又顛又暈的老母機回臺灣，就此懼怕飛行。預定好了、熱烈討論的行程終於囫圇了個理由沒去，怕搭飛機還是真正緣由。我真忘了十年前岳父、岳母的模樣，但記得他理飛機頭拍下的帥勁十足的照片。岳母也在翻閱的相本裡，瘦，有腰。不同媽媽長髮飄飄，一頭短髮俏麗更勝。幾十年來，岳父體重沒增多少，跟媽媽一樣。他游泳，數十年如一日；媽媽跪頌佛經，又起又跪，活動量具足，經脈也活。胖的是爸爸跟岳母，都變得慈祥，都變得話多。

兒子提起家人，不說我們「家」如何，而愛說我們「家族」如何。有一次，他接到外公電話，要他下樓等車來載，兒子忽然說，有一次媽媽自己在家看恐怖片，自己嚇自己，他要我也在家裡看恐怖片。我說，一個人看恐怖片，我害怕時怎麼辦？兒子再提家族，他說，爸爸是家裡最高、最大的，如果爸爸都被恐怖片嚇到，就不能當爸爸，最多只能當媽媽。兒子的家族有小至他、我、太太三人，也有大的，包括外婆、外公、阿嬤、阿公、我跟太太。有時候，也加進舅舅、姑姑、表哥跟表姊。每次聽他提家族，這個字眼的時間向量都會產生深沉的聯繫，依稀逝去的也不曾逝去，現在已不是現在。

他是反對我在很老很老的時候，搭他的肩膀過馬路，他一直覺得他小，連我的一隻胳臂都抬不起，何況是一副駝背的身體。有好一陣子，他都以為爸爸就是死了爸爸的人。他上幼稚園，下課後到阿公家去，有機會跟阿公相處，才明瞭阿公是我的爸爸。原來爸爸上頭，還有爸爸。爸爸的爸爸的爸爸呢？我說，就是牆上那張照片了。那是阿祖，陪我一起走過蜿蜒小路通抵藍天戲院看電影的我的阿公，是兒子無疑的、確切的家族史，卻只是掛在牆上的照片，一張他記不得的臉。

而我確定，他在。在冬天的第一道強烈寒流來臨時，夜空陰陰，冷風陣陣。我確定他在身後，在他的曾孫埋怨時間跑得慢而惱怒的夜晚，時光嘩然，但有覷靜訊息。他在我瞎構出來的、為安撫兒子急躁情緒而展開的述說中。他佝僂的身形一點未變，沒有變更的黑色唐裝跟咖啡色枴杖，或許正是為了安撫我，而忍住不變。

我艱難扭轉脖子，看著這一路延伸過馬路的行列。阿嬤也來。仍瘦的、還嬌小的，手必須舉得高高，才搭得著爸爸的肩膀。往生不久的外婆穿一身寶藍色唐裝，還新得發出亮光。我後頭還有岳父、岳母、媽媽。岳父在添了孫子之後才覺得自己真老了，他的兩個弟弟罹患癌症過世，常常感嘆生命無常。如今，他排在隊伍中，神情卻愉悅，要不是我制止，怕又要偷偷拉著他的外孫到文具行買汽車玩具。而他為疼寵孫子，越買越多的玩具便是兒子按捺不住的原因，迫使兒子責怪時間走得慢，不能飛快回到滿是汽車玩具的不老王國，促使一群老人不懼窮冬的森冷，慢條斯理排起隊伍，過馬路。

我們都是很老很老的一群老人。阿公搭著爸爸、爸爸搭著我，我搭著兒子。兒子搭著我的孫，孫再搭著兒子的孫。兒子已老，他的孩子也是，一排列的老人正為了安撫一個怨懟時間的孩童，肩、手相連，慢慢通過路口。

孩子哈哈大笑。這敘述、這在敘述中排列的老人，只為了這一笑。

在這排列中，孩子的媽媽是不在的。兒子老是說，媽媽很年輕，爸爸卻很老，太太便獨立於排列之外。她那時不在家，恰到金門籌辦書展，她若是看到這排列，也會加進來，站在我旁邊。

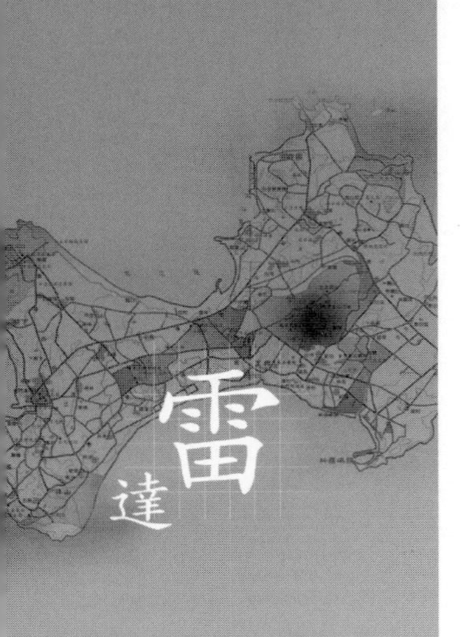

雷達

有一個雷達，專門指控一些出軌的情緒；
並且，予以原諒。

放牛

時序入冬，金門風大，格外凜洌。尚義機場外山坡上，風獅爺佇立，遙望海濱。它的凝望處曾是村人討生活的地方，海洋似鏡無紋，阿叔（我這麼稱呼我爸）卻翻渡過一個一個大浪。我可以在住家後，空軍駐守的平臺上望見那一大片海洋，彷彿沒浪卻有浪，船身不停點頭，似在說，「是的、是的」。

海，其實無法答允任何承諾，如今，我們飛越，藉著機艙小小的窗，確定大海不曾為我改變，而我卻為它花白了髮。

可喜的是木麻黃未見枯黃，風來，壓低它又抬高它，波波起伏，咻咻作響。木麻黃是我少數識得的樹種，它是可靠的防風林，沿海栽種，而後壯大為一堵綠色圍牆。住家後頭有株粗大的木麻黃，我踩著它的瘤節，輕鬆攀越。堂哥曾在樹上繫了架吊床，閒時，躺在上頭讀書。我有一次枕著樹幹，微風習習，竟睡熟。醒來，樹下鋪了一床棉被，二伯母驚恐看著我，堂哥正悄悄爬上樹，試圖在不驚擾的狀況下喚醒我。

我只在金門住十二年，這幾千個日子卻似我的畢生精華，我每每飛遁至任意一條小路，走進路裡，看它帶我走過危顫顫的斷崖抵達戲院，或是通過斜斜陡坡，拐進機場附近的渠道，前往學校。

六十八年，我隨爸媽遷往臺灣，姊姊們跟哥哥則早來了幾年。六十八年以前，只在過年時，一家人才能真正團圓，沒料到事隔多年，卻一起返鄉團聚。同來的還有大姊夫、跟他的鄉人。這原是大姊夫召集起來的觀光團，也是我第一次以觀光身分回鄉。我雖生長金門，卻不熟悉它，軍事工程地下化，金門的地底是個謎。我對新開放的馬山觀測所、翟山坑道興趣不高，早早離團，回到故居。

村裡馬路拓寬不少，小路卻多失去蹤跡。我如此貼近它、審看它，只記憶清晰。我的很多記憶是在這些消失的小路裡創造出來的，大片翠綠的芒草叢棲息數不清的蝗蟲，牠們是九官鳥喜愛的食物。我跟我的牛也走小路，從放牧的窪地回家。

我的放牛地有幾個固定區塊，其中一個就在新蓋的酒廠邊，我牽牛過小路，穿越大馬路，再穿過小路，最後是道斜坡，牛跟我一起滑步快跑，很有默契地一起止步。我尋好草盛處，在泥地上釘入繫著繩子的鐵釘。牛，安詳而悠哉，牠們的眼睛黑而大，水汪汪地。我常好奇牛是怎麼看待牠們的工作，拖犁，一步一步緩慢犁地，走過一圈又一圈，牠們不知道會在什麼時候結束單調的來返復步，牠們的單調常會在我心裡引起莫名傷感，牠們的單調卻也生機重重，讓田長出一季又一季的作物。

牛會哭，不是傳說，是我真正看過的事。阿叔說，牛老了，該賣。牛圈在屋後，韁繩綁在一棵相思樹幹上。那是一隻老牛，毛色橙黃，接近咖啡色。牠幾個月前剛產下一隻小牛。牠個性溫馴，眉、鼻、下巴的兩側有一道深褐色線條。我不太明白阿叔跟那些陌生的大人們談些什麼，總能猜出是在商議價錢。家裡也養豬，商人來時，豬依然吃、睡，被趕上貨車時咿咿亂叫，我曾認真看過豬的眼，牠們的眼光似乎很淺，淺得讓人一眼看穿，心中陡然一動，喔，這就是豬。牛就不同。我幾乎懷疑牠聽得懂人話，大人們商議時，牠烏黑的眼睛噙滿淚水，如漆黑的寶石發散精光。然後，光線流動；然後，淚水流動，橙黃色的臉頰拖曳出兩條長長淚痕。

牠溫順爬上貨車，不發一語。我看著牠走，無法揣度牠的命運。牠的小牛已長得健壯，在牛圈活蹦亂跳，模樣就像天真無邪的小孩。

過了秋天，就不容易找到放牛的地方了，我會牽牛到通往戲院的小山坳。這條路，人少些，我有一次心血來潮，想學牧童牛背吹笛。我是不會吹笛的，牛倒可以騎看看。村裡有一個奇怪說法，騎了牛，就會「大卵葩」。堂哥說，那是因為牛的「卵葩」大，誰騎牛，誰也會變成那樣。這個怪說法，讓我猶豫該否騎牛，我想起書中牧童，個個騎上牛背，不也沒事。我終於騎上去，牛一驚，奔了幾步，還是乖乖地馱著我。騎牛並不舒服，顛得厲害，真不知書裡牧童們哪能安步當車，啣笛，吹奏？沒走多遠，我就跳下來了，褲子內側沾滿細細的牛毛，拔了許久，才清乾淨。

入冬以後，山坳的草多枯萎，牛只能啃些短短的草。我會從屋後倉庫，抱出幾綑曬乾的花生梗。花生梗是收完花生後留下的，擱在路邊不停地曬，曬乾後再一綑綑綁好。推開柴門，濃厚的草香撲來，花生梗藏著陽光，牛嚼著，牠在吃花生梗，也在吃已變為能量的光。

我得抬一桶清水給牛喝，牛低頭喝，抬起頭時，尺長的鬍鬚沾滿水珠。陽光映耀下，晶瑩剔透。牛沒有手，不能搔癢，只能用尾巴趕走老愛往牠身上黏的蒼蠅。牛虻是牠趕不走的，我看牛吃草、喝水時，撫摸牠的肚皮，碰到突起物，用力一摳，就是一隻肥壯圍棋大小的牛虻。牛虻是在牛身上，下一盤牛無法主控的棋局，我愛清理牛身上的牛虻，算是清理一盤殘局。我指甲一掐，血花爆出。

牛這時也只是靜默看著我。那眼神沒有感激、沒有悲哀，沉默如我深夜凝望的眾多繁星，它們眨呀眨地，我也眨呀眨地，卻是分屬不同領域的光，允許交會，卻不能瞭解。

農業社會重男輕女，我不知道哪些事情是屬於三姊的童年歡樂，她卻念舊地陪我回到無人居住的老家，她似也在這土地上遺失再也找不回的東西了。屋後，木麻黃長得更粗，瘤節還在，惜樹皮皸裂，再也爬不上去。三姊還記得飼養的豬跟牛。牛，就在不遠前的牛圈嚼草，但時間之路漫長，我再也走不近牠們。

村裡還是有牛，但比以前少許多。我幫牛拍照，閃光燈猛閃，牛嚇一跳，後腿踢得老高，跑開幾步。我也嚇得後退，三姊笑，怎麼變得這麼沒膽子，我們以前可得天天放牛去。我笑了笑，不知該說什麼。

堂哥在大馬路邊蓋了樓房，住得更舒適。回鄉第二天，村裡開始為期多天的拜拜。很多村人從臺灣回來，平時僅木麻黃咻咻作響的村裡乍多了人聲跟鞭炮聲。大姊夫跟他的鄉人晚上也來堂哥家裡吃拜拜。那似一場鬼魂的聚會，所有多年不見、以為早已遺忘的村人都出現了。那也是二十幾年以來，家人一起站在故鄉。

那天傍晚，趁著陽光西斜，光線充滿飽滿溫柔的橙黃色分子之際，全家人在堂哥家合影。堂哥的女兒是照片裡唯一不是「外人」的「外人」，她兩年後因情感事件，被男友殺害於中和。我覺得合影的地方不該在堂哥家，該在曾經耕作的土地上，該在老家、該在木麻黃樹下。然而，我們只能因地制宜地在堂哥家裡拍照。

堂哥家的擺設也單調，也許，真的該牽一條牛來，讓這張照片，真正完整。然而，就算再拍一次照片，我恐怕也不會這麼做。我再不是放牛的孩子，且，時間去遠，我也放走一條一條的牛了。

告別

九一年，金門縣政府文藝活動多，我常受邀回鄉，每次，媽都會說，抽空去看看外婆。金門地小，從昔果山或金城去，都不會花太久，但我常說，沒有車，不方便。不方便？幾百公里的臺灣海峽都飛渡過去了，卻覺得那一哩路、兩哩路，無比遙遠？媽又說了幾次，我不耐煩地說，回去演講、參訪，團體行動，做不了主。媽還沒捨棄，我別過臉，不想多聽。媽看我滿臉決絕，不再說了，閒搭幾句，外出參加慈濟活動。

有一次回家，爸來開門，又急匆匆跑回廚房，以為媽不在，卻看見她跪在客廳誦經。媽以往一毛不拔，忽而樂善好施，她的改變一直是謎。爸也慢慢加入這場改變，不再滿口三字經。撒魚網、持犁、扛水泥磚頭的粗糲的手，這時是拿起了菜鏟，在油炸聲四起的廚房，翻攪翠綠高麗菜跟一尾一尾煎得透亮燦黃的魚，完成他對這個家的另一種付出。

他還會問就讀幼稚園的孫子，阿公煮的菜好吃還是阿嬤的？

他那粗豪的性格居然會在菜肴的讚美裡獲得滿足，也是不可思議。這改變，安頓了媽過多的愁思，透過實踐而不只是言說的慈善，她跨了出去。爸爸反倒是縮回來，變得慈祥。我坐在客廳，看忙碌異常的爸爸，跟安然誦經的媽媽，不禁覺得過去的他們跟現在的他們，是兩種截然不同的景致，但因為他們已做了這種改變，我也無從想像他們若不變成這樣，又會變成哪一種。

這改變當然是好的，但那位年輕窈窕長髮飄逸、怕曬黑而裹得滿面粉妝的媽媽是屬於童年且無法取代的，只有回到成長場景，才能溫夢。我感慨地說，希望能在金門終老。媽卻不這麼想，我知道她在故鄉有許多傷心事，沒料到她卻提起木麻黃。她害怕風颳木麻黃咻咻如鬼魅之聲，尤其是在深夜，爸爸遠洋，家裡只餘幼兒時，風過木麻黃，似哭泣、似躲藏，她越仔細聆聽，越痛恨木麻黃。我卻不同。我以為木麻黃的咻咻作響有股無以模仿的荒蕪，沒了這種風聲，我也將失去追溯往昔的重要線索。

外婆是比木麻黃重要多的追憶線索了，但我回金門，卻是看木麻黃、聽木麻黃的時間多，看她、聽她的時間少。山外到榜林的中央公路（現為伯玉路）是木麻黃林貌最美的一條路，樹幹筆直，井然有序，架起一朵一朵綠色雲。從昔果山到榜林會走過一小段，炎陽下，這景致成了一種餽贈。我無法騎單車時是被爸爸載著，老舊的黑色單車架著囤放廚餘的兩個水桶，我跟小弟各自蹲坐一個，媽坐後座，鍊條哎呀呀響著時，路也一點點退後。幾年後，是我自己騎上中央公路，載著爸爸遠洋捕獲的魚，路後方，大舅、二舅耕種西瓜，我送魚去，載回西瓜，我沒管路的遠近，只管數一團團樹蔭。我從未騎單車走完中央公路，路的另一頭成了一道迷思，它去的不似山外，卻抵達另一個境地。

廟會拜拜跟外婆生日，我都會去榜林村，我去過無數次，卻只在某回拜拜，在榜林住了一晚。同去的有小弟、堂妹，晚上跟外婆同擠一床。外婆帶領我們逛廟會，她買了糖？她買了玩具？我忘了細節，只記得我們徒步來去，帶著滿滿的飽足感穿過一棵接一棵的木麻黃樹回家。外婆也常來昔果山，帶餅乾、糖果。她跟阿公、阿嬤、伯母，坐在門外的木麻黃樹下閒聊。外婆帶來的餽贈對我是一種溫愛，多了那幾包餅，我跑起來特別有風，彷彿練了輕功。外婆午後回去，帶走慶典才有的甜喜味道，不知她何時再來。外婆家也務農，她卻沒駝背，體型高大，阿公、阿嬤過世多年，她身子依然硬朗。她生了七個兒子，兩個女兒，金門觀光開放，交通便利，舅舅們帶她去了美國、日本等地遊玩，她常來媽媽家小住，也來看過我滿月不久的兒子。

外婆的憂、喜，我無緣得見。她來媽媽家小住，我們算是真正生活在一起，她談話輕緩，不像多數金門人嗓門奇大，她衣物乾爽，衣色不外藍黑，飄飄然，頗有出塵狀。她不嘮叨，也不沉默，安穩坐在客廳時，客廳便變得祥和。直到媽媽向佛，我才隱約察覺外婆身上的氣息是服柔軟。外公早逝，外婆獨力扛家，波瀾必多，她沒提過、媽沒講、舅舅沒說，我不算瞭解外婆，我連她的一個故事都沒有。我只是用我的眼、我的時間去認識。童年時，唯一跟外婆的合照是她七十大壽，照片中的爸爸瘦削年輕，面貌跟三十來歲的小弟非常相似。媽雖然裹了很多粉，膚色卻比爸爸黑。我穿制服，袋口還插著兩支筆，趺坐，神采奕奕。外婆那時已白髮蒼蒼，多年來，我總覺得她是以七十歲的模樣走過七十一七十二、九十一九十二。八十八年我回鄉看她，她不在，跟牌友們玩四色牌，二舅差人告知我來了，她匆匆趕回，神色閃爍，約莫還惦記著沒有玩完的牌，無法專心說話，我沒法當她是九十幾歲的老人，她還是七十歲。

我對阿公、阿嬤，永遠是以十二歲的孩童對應七、八十歲的老人，外婆就不同，她七十我十二，她八十我二十二，她九十歲時，我結婚生子了。我慢慢從這對應裡發現一個殘酷關係，外婆留在七十歲，我卻一天天老邁，爸媽老了，故鄉變得陌生，阿公、阿嬤去世多時，小外婆幾十歲的伯母也亡故，我總是會在外婆身上看見一切都已經遠離。有一次，參加文建會舉辦的作家登玉山活動，恰與詩人陳義芝同房，他對我隨側攜帶的書籍頗感興趣，右手拿下眼鏡，瞇眼，拿書的左手推得老遠，終於能讀出那是一本什麼樣的書。老了，他說。你幾歲了？喔，三十幾了，快的話，再過三、五年，也會戴上老花眼鏡。老，事物都花了，再不能以熟悉了數十年的距離閱讀完全沒有更變過的一字一行。那是一種推翻。我看著瞇眼的詩人，時光巨輪來了，磅然急馳，徹底把他碾將過去。燈光幽微，燈色溫暖，我訥訥看著詩人，後背微涼。沒有自外於時光的一事一物，若事物定格而沉處寧靜，若記憶猶新而未腐朽，我哀哀地想。我幾乎看見了詩人的告別式，那時，詩人也同我告別。而詩人同我告別時，我也在告別那一晚，告別這一生。

媽媽囑咐我看外婆，我常不搭理，我抗拒的，是遠離這件事，我無法面對者，其實是自己。不過，我每回返鄉，卻還是會繞進榜林，外婆看似一點未老。真正覺得外婆老了，是在九二年九月，我帶妻、子，回金門參加詩酒節活動，當年鈴鐺一響就孜孜而笑的嬰兒已能操控相機拍下外婆、爸跟我。外婆呢？她跟二舅、爸爸說話。爸說，這是阿內（我的小名），伊來看你，這是伊子啦，要給我們拍相。外婆搖頭晃腦，微笑看著我，然後說，這是阿內咧，趕這麼大了，娶某了嗎？爸又說了一遍娶某生子一事。外婆聽著聽著，忽對這解說的男人眼生，問說，你是什麼人？

我，我是行仔了，你女婿呀。外婆狐疑地問，你還住在昔果山嗎？爸笑開了說，我已經搬去臺灣二、三十年了。外婆患了「老人癡呆症」，記得深刻的多是她七十歲以前的事，卻忘了剛剛述說的。

三個月後，述說者換成回鄉探視外婆的媽媽，她說伊是阿內，阿娘，你卡認識？外婆躺在病床，我喃喃地想，沒用的，外婆已經不認識我了，再說也是沒有用，媽沒放棄，指著我，那是阿內，這是伊某。媽語調愉悅，六舅也快聲問她要不要去臺灣，他來帶她去。我再一次告訴自己，沒用的，外婆聽不見的。六舅說，外婆最近不愛講話，老愛睡覺。只幾秒鐘沒人逗她，她頭一偏，又要睡。外婆總算是有醒來的時候，她朝我們笑，神態柔和，我握她手，她的手很溫暖。我坐回去，她還在笑。我沒在房間待久，到外頭抽菸。冷風習習，我蹲坐門前矮石，天圓無雲，一排陰黑雲沫壓著另一排陰黑雲沫。風過，不遠處有籃球跳動聲，稀稀疏疏。三舅也回來看中風的外婆，問我怎不進去，坐在這裡吹風？

我進出了幾次，拍了些照片。那天夜裡，我、妻、六舅以及參訪的記者朋友住宿飯店，我整理隔天要用的器具，拿數位相機，刪除或保留照片。我幫外婆拍了些照片，包括一組十五秒的錄影。畫面裡有六舅、媽、妻。外婆只是微笑。菲傭在她完全裸白的頭髮上綁了兩個辮子，繫著玲瓏可愛的紅結。妻牢牢握著外婆的手，外婆後來也握著我，牢牢地。我睡了一覺醒來，才凌晨兩點多，妻已睡沉，我掩著棉被，縮著縮著，試圖再睡。我越努力睡，越覺得自己越像一隻手、那隻被外婆牢牢握著的手。我掙開她，我走到外頭，一個被當時的我疏忽掉的溫度跟巨大卻在夜裡不停朝我伸將過來，握住我。外婆怎麼忽然老了，我不安地進進出出，原來還是一種抗拒，抗拒自己長大，同時抗拒她變老、變啞，變如嬰兒。

我是在逃離，還沒到跟參訪團約定來接的時間，便急說時間快到了，跟妻、舅到中央公路等候遊覽車。中央公路上居然不見森然貌美的木麻黃林，新植的樹栽還幼，路的兩旁似被淨空，路仍筆直，卻似斷截。我問導遊，方知八七年登恩颱風來襲毀了一部分，再被人為疏失悉數毀滅。路周圍，一片空蕩，路後方，滿眼瓜田，路前方，卻還是我獨自騎著單車，載著魚，數一團團林蔭，興高采烈轉進榜林村九十九號。

那一年，外婆七十歲，我十二歲。

尚饗

金門多大？導遊說，大約一百五十平方公里。她又說，這不大的島，繞來繞去，就這幾條路，比如伯玉路，昨晚就走過了。伯玉路原為中央公路，胡璉將軍率眾搶建，活絡金門交通，他過世後，路更名紀念。路兩旁原有木麻黃兩側排列，森然而壯觀，彷彿衛士持槍守衛。以前，我常騎腳踏車經過，載魚，到榜林給大舅、二舅。

舅舅家是沙田，常種西瓜，我載魚來，換兩顆西瓜回去。六舅也在車內，導遊開玩笑說，得巴結著六舅呀，他現在可是「地主」。一車子的人都笑了。車子裡多藝文界人士，像黃春明、朱振藩跟李昂。導遊說，後來來了颱風，吹倒許多木麻黃，伯玉路上的木麻黃倒得最多，至今只剩稀稀疏疏的幾株。我坐在遊覽車最末排，那位置，適合觀看一整車的人，尤其是記憶；那位置也顛簸，彷彿記憶的質地。

這趟旅程不去太武山、翟山坑道，不去馬山觀測所或小金門，而名為「美食之旅」，接續九一年底首辦的「白酒美食之旅」。身為金門人，卻不知金門美食的底細。我能知的金門美食多屬小吃，如麵線糊、炸饅頭、蚵煎、鍋貼、雜粥（即廣東粥），他們都聚集在金城莒光路貞節牌坊附近，我跟母親、阿公上金城，一入莒光路，口水便一口一口嚥。堂皇一些的美食便是辦桌上，一隻隻炸得油通通、粉酥酥的雞腿。一次返家，二姊夫帶我到高坑吃牛肉餐，紅燒、清燉，腸胃已無法應付。九一年又來高坑跟其他餐廳，同行的人多是美食家，一道一道細說滋味跟由來，一些師父慎重其事戴好高高的白廚師帽，細心回應記者採訪。每一道菜在上桌前，都先放在架了採光裝置的桌上，至少有三位攝影師圍著菜肴拍照。一攝影師說，你們所吃的菜已經沒有靈魂了，它們已被攝取，在一張張底片裡。我曾經在報章看過記者的佳肴攝影照，果然有色，彷彿有聲，對師父們的廚藝再三感嘆。

我住在金門十二載，從未享用過這些精實菜肴，甚至不知道它們是存在的。

早些年返家，已警覺故鄉的生陌。騎機車逛，已見大型連鎖貢糖店林立，它們的店招打著久遠的創店時間，還有麵線、一條根也標榜歷史，我卻不記得小時候見過那些貢糖，跌倒受傷，也不抹一條根，而是辛苦跋涉多座海洋，以救難天使姿態登陸料羅灣的南洋酸痛藥膏。林立店招的悠久歷史對照我童年的缺乏，強烈的新穎門面對比記憶中的戰地生活，常讓我眼神一恍再恍，懷疑自己到底有多認識金門，所以說，金門到底有多大？

金門變「大」，是在民國九十年發生的。往昔回鄉，只走常去的、習慣的金城、后湖、榜林跟昔果山。九十年出版《金門》散文集，讓某些鄉親得知有人在臺灣寫金門，我因此結識多位藝文界朋友，跟縣府單位也有往來，參加詩酒節、讀書會、文藝營等活動，我對故鄉的眷懷從過去拉到現在，從鄉愁一改為現實探勘。隨團而旅，能帶我去到陌生之地，聽這土地真實發生、我卻少機會聽聞的事。

至今，我還無法遍記金門各地鄉鎮，導遊說，金門東邊風沙大，耕種地多集中在西部。她也逐一介紹那些一舉兩落或一舉一落的閩南住宅。進入民俗文化村，導遊對壁上雕飾亦如數家珍。她來自臺灣，卻在金門為我介紹金門。我怕錯過多認識故鄉的機會，幾經遲疑，竟沒脫隊回返昔果山。車入金門酒廠新址時，我跟同行的朋友說，我家有幾塊田，其中一塊被徵收，已成了這座新廠的一部分。那塊田，我們稱之為「石頭粒仔」，常栽種花生。「石頭粒仔」，也就是石頭多的意思，田隱藏在一大片松林之後，銳利小石頭遍布田間，約莫就在廠裡豎起大型酒瓶雕塑的位置。田的左右沒有樹蔭，我們得在熾熱的陽光下除草、收割。

一次颱風過後，我跟大哥推三輪車到「石頭粒仔」，姪兒漢忠尾隨，才走進小路，發現泥地上佈滿數不清的一截截白色樹枝，細看，才知那是毛毛蟲僵死，發霉，看似白色樹枝。漢忠一驚，哭奔著跳上三輪車。我沒說這事，這只在腦裡播放。紅泥小路是當年，嶄新酒廠是當下，並有新路直抵機場，經昔果山到機場的車輛便少了。

現在，昔果山就在樹林背後，步行只十分鐘，阿公、阿嬤跟外婆的墳就在酒廠下邊，約莫也只十分鐘。我是站在陰、陽兩界的中心了，到昔果山，畢竟還想陰界的事，想祖孫兩人攙扶著到藍天戲院，那危顫顫的山崖小路如今已塌，再走不過了。想阿嬤過世時，空中交通還沒建立，阿嬤忍著一口氣要等爸爸回家。我曾在碩士班同學前談起金門往事，輕巧地談、故做諷刺，眼睛卻越來越明透，然後，還是悄悄地吸附那霧氣，沒濕了眼，卻失了魂。我也想到外婆來訪，弟跟我樂得從海邊小路跑回來，手上還提著折斷的木麻黃。木麻黃是在跨下，是一匹馬。我已多年沒去看阿公、阿嬤。二舅、二嬸曾在墳場雕刻墓碑，有次在那兒見到，問我幹嘛來，我說，看阿公。

我是記熟了阿公的墳，二伯母在世時，也偕我來。二伯母拿出兩只十元銅板擲筊，問阿公知不知道誰來了、好不好、吃飽沒，三問三應，亡靈毫不含糊。我到了阿公墳前，卻還想陽間的事，想決意搬來臺灣那天，阿公哭泣道別，他說，不願子孫再過苦日子，去吧，渡海去吧。他不知有情如我，總，渡不回遺憾。

而今，酒廠在他身後，新穎店招，他不踮腳也可看到，這該是阿公、阿嬤等等亡靈們，所感到新鮮與不可思議。

「白酒美食之旅」一個月後，媽又回金門，掐指一算，外婆過世已經年。媽匆匆來去，是為悼念。而不管我們做什麼、說什麼，這悼念，始終還在等待悼念。媽帶回許多金門特產，像是割包、土雞，爸要我多吃些，總說，這是金門帶回來的呀。往昔，金門只能是他地物資的進口，有這麼一天，也成了物資輸出地。一連兩年兩次「白酒美食之旅」，讓我品嚐記憶之外的華實菜肴，酸菜水餃、烈嶼芋頭、燒豬腳、蒸螃蟹，肉肥美、菜甘甜，舉杯一一敬去，前輩作家、同行記者、縣府官員。我心頭仍悄悄掠過一抹過去，默默看見阿公、阿嬤、外婆、鄉親、駐軍同袍、士官長，看見那些曾在這赤苦之地寄望來日、打造未來的一民一卒。

一動念，於是就有天、地、人，就有往昔、現在跟未來，就有情、有念。金門能有多大，就有多大。

敬酒去，戰士與民兵，亡靈與生民，尚饗。

勇 者

我一連報了三次名字，床上的老人只意識來了個訪客。我再報三次。這回，我走近床，定睛睛瞧著。老人的眼神已淺薄如三月大的小兒，任何擱置都嫌多了、厚了。二伯父看著我長大，記得我的出生、尿床、喊餓嚎哭，也看著我爬、走、跑，而今，卻是一個什麼也記不得的老人。我失望地退後一小步，彷彿也走遠了三十年、四十年。

二伯父敦厚穩重，說話輕緩，盛怒時也一樣。他曾拿扁擔追打學賭的阿足堂哥，把堂哥逼到牆角，掄起扁擔打，邊訓斥他做人要實在。他怒罵、他揮打，我在一旁瞧著熱鬧，卻不覺得二伯父可怕，倒覺得罵、打之間居然有股莊嚴，使他看起來神聖無比。會有這層意識，是因為二伯父的篤實，我總容易把他矮駝的模樣想像成一頭不語、不爭的老牛，我們何以問出牛的委屈，我們何以知道牛的智慧？以前，我曾跟二伯父問些往事，他想了一下，從眼神流轉，就能知時、空已被召喚到眉眼之間，述說是容易的，但他總是能說而不說，而今，卻是什麼都說不得了。

老人病後憔悴，駝而矮的身子竟拉長不少。他攬了條薄被蓋住肚腹，裸露精瘦的大腿、小腿。他的小腿骨方而直，我一度以為伯父罹患骨折，抽掉人骨植入鋼骨，還想問堂哥究竟怎麼一回事，哪知，那正是腿骨的真正長相，我越看，越聽到心頭鏘鏘鏘地響了起來。

以前不知道成長的代價是死亡，常繫念著青春痘多寡、課業好壞、跟戀愛造史等。不知道治癒青春痘，青春就遠了；找到深愛的人，就告別過去的各種樣子；不知道自己長大，別人也就老了。等意識到成長跟死亡的聯繫，就會發現死亡也在長大，而且，都像是忽然長大。

外婆辭世前，我跟媽、六舅、妻一起返鄉探望。我從沒想過外婆會死。從小，外婆就像一尊佛，慈眉善目不在話下，她還高大強健，從村前小路走進來時，寶藍色唐裝水漾漾地晃蕩起來，那時候，狗群齊聲朗吠，左鄰右舍放下洗衣板、摘著的番茄跟把犁的手，一起望向路口，那如果不是一尊佛，也該是一尊仙。

我一直留著外婆強健高大這記憶，這記憶，也是我成長時的仰望，而今，仰望的對象倒在病榻，頭髮白得發亮，皮膚皺成一團，她也中風失憶，甚而厭倦語言，再不說話。媽跟六舅倆逗外婆說話，像教未足歲的小兒學語，一再地唸著我的小名。外婆頷首，依稀知其心意，抬頭朝我微笑。我是被那一笑給傷了，沉默踱到房外，我知道那一天已不遠，我知道，我就快要沒有機會喊外婆。而外婆呢？是看淡了人生，已看清了這些個稱謂跟關係？

幾個月後，外婆辭世，我跟家人回返金門奔喪，媽媽送喪時喊著的「阿娘阿娘」仍一遍一遍迴盪我心，「阿娘阿娘」曾一回回在電話裡傾訴，告知她天氣暖了、寒了；「阿娘阿娘」也曾是一次一次的囑咐，要我回鄉時別忘記到榜林村探望。「阿娘阿娘」，媽不再說了，因為，媽不知道我也常常想念她的阿娘、我的外婆。

外婆是舅舅們、表兄弟們跟我歸結的聯繫，外婆走了，像去了一頭的三角形，再也沒有人能夠身集兩個姓氏、溫暖兩個姓氏。

奔喪後，曾跟家人探視舊宅。三合院久無人居，燕子有靈，也不來築巢。多年前，爸爸說舊宅大樑蛀了，再不修繕，就要倒塌。年輕一代的人說，倒了正好蓋新的，長一代的人說，怎可讓祖公媽日曬雨淋？爸爸跟伯父協商，展開修繕計畫。返家時，遠遠看到工人攀爬屋頂，安置樑柱，鋪排屋瓦。伯父正巧前來監看，他身形佝僂，卻仍勇健，一個人得忙七、八塊田。他見我拿相機留下舊宅最後面貌時，還說，多拍一點、多拍一點。果然，舊宅新起之後就變了個樣，歷經歲月洗刷的木材門板換成鋼製大門，看我長大、納我啼哭嬉鬧玩笑的暗紅屋瓦也成嶄新鮮紅，伯父負手踽踽獨行屋後廢棄船舶旁的孤絕形態如今卻與那艘廢船連結，終不知漂泊多遠，終至忘了港口，忘了，他是我的二伯。

回到舊宅安居養病，怕是他頭腦清明時的決定，回到這生他、育他、長他的老房子，聆聽老祖宗們夜半的竊竊私語，好知道加入他們的時間。

回臺北，我跟爸媽說伯父不再識得我了，爸說，人老了，沒法度啦。爸戴了副墨鏡，他剛動過左眼白內障手術。伯父中風跟爸爸動手術這兩件事，都在陳述爸爸已經老了這事。我懷疑，爸是不服老的。爸沒讀多少書，他在金門捕魚、種田，在臺灣扛水泥、搬磚頭，賴的都是氣力；他撫育六名子女，抵擋金門砲火、異鄉辛酸，賴的也是氣力。爸身子硬朗，少有大病，他告訴我白內障手術日期時，語氣忐忑，媽接話說，小手術啦，外婆伊時嘛是按呢，沒歹誌。爸在那一刻，想必看見白內障跟中風失憶劃成一直線，線的旁邊是一些「老了」的註記，再過去呢？再過去呢？

爸對生死一事灑脫，是憨直還是徹悟，我也說不準。他常說，人就是這樣子，命一條。算一算，他也幾十年沒喊阿爸、阿娘了，當他身為吳姓一族的族長後，也有一條直線記著他曾是孫子、兒子、爸爸跟祖父。當他被人喊阿公，該也想到喊人阿公的童年。誰還能記得曾是幼童的阿爸？誰還能說幼童阿爸曾做過的荒唐事？誰跟他一起記憶發生在舊宅裡，更舊的面貌跟舊事？沒有了。當他聽到兒子叫我爸爸，也會想到他的英盛壯年。想到他扛機關槍火速參加民兵集合，想到他曾有一把隨時擦抹得亮晃晃的三尺長軍刀；他曾經參加的搶灘，火彈在腳邊激起熱炙炙火花；他曾看過的砲彈把金門夜空盛裝成一株過度裝飾的聖誕樹，他曾驅趕一家老小躲進防空洞，作勇地、也必須地，壓後潛進防空洞。

問他，手術是怎麼一回事？他說，聽見醫師在眼睛裡掏呀、挖的，挖了快一個小時。醫師說，白內障太熟了，不好取。還是，那是爸爸忘也忘不掉的往事，當然不肯輕易拭去？

砲火中，死亡是看多了，命一條，來時艱難，去時常是容易而荒謬。對爸跟伯父來說，老、病，是比死亡可怕多了。

離開舊宅時，我進屋跟伯父告別，跟他說，二伯，我要走了，找時間再來看你。老人仍不識得我，話忽然變多，朝著我說，按呢辛苦啦，死不死、生不生，按呢拖磨辛苦。他說話時，我同時被他的表情跟小腿吸引，他的眼神不再驚疑閃爍，定定的看著我，彷彿看見一種真相。他小腿移動時，鋼堅的腿骨猶如戰士利刃，卻是再也揮不動的利刃，只能帶著點遲疑地注視它自己。老人的腿骨、手臂、胸腔、眼睛、器官都在質疑他曾是一名屹立砲火下的堅決勇士；懷疑他曾在碎玻璃跟鋼片間，秉持花崗石的堅跟硬，作育高粱、地瓜花生跟玉米。它們都已經背叛老人的意志，衰疲地黏附老人。身體背叛老人後，記憶也不追隨他了，老人連我的伯父都不是，他還能是什麼呢？

前幾次回金門，外婆、二伯都健在，我在他們身上看見金門不變的剛毅質地，總覺得金門離過去還不算遠。那個過去，歷彈傷、遭火煉，他們的殊特不在於活了下來，而是鍛鍊非凡的視野跟凝視生命的能力。那是種溫厚、一種踏實，那回探視外婆時，我握住她的手。女人，卻有好大、好厚、好暖的手，儘管在病中、失憶不語、儘管被身體背叛，外婆寬厚、包容的質地，卻著著實實地在那短暫的一握中。

那一握，該有多少歲月、多少暗示跟承繼？

若說，成長的代價是死亡，依循成長、跟死亡這條線，我們又能交付什麼給未來？當一個戰鬥的金門，跟殖民也好、悲情也罷的臺灣已成過去，我們能夠提煉什麼，然後莊嚴地告訴後起的生命，那就是我們的神聖？什麼是我們，夾在歷史、又超越歷史的拔卓？

我們都在經過歷史。

順著這條線，將要發現越來越沒有人記得我們的名字，而我們，卻常常回憶著已不在人世的人。每當我這樣想時，便覺得這股聯繫，就是一種價值。

飛蛇

媽跟爸推敲，小孩腿、胸、背，那兩兩對稱的紅豆斑腫是「飛蛇」所咬。「飛蛇」？屬冥界的蛇，紅腫上突起的小黑點是蛇眼，若在金門，必須拿一只拜拜用的金紙換兩把送殯用的銀紙作法、焚燒、超度，才得以化解。我跟妻不知紅斑由何而來，細細推敲日前到鹿港參訪的經過。

我問妻，第一天下榻天后宮香客大樓幫兒子洗澡時，可曾發現斑點？

那天下午，行程拉到臨海的漢寶濕地。數排磚紅色建築座落，原為眷村，如今渺無人煙。排列的平房兩端各設廚房，煙囪還在，我突然想起昔日的人煙鼎盛，平房之間的廣場想必兜籠嬉戲的兒童。黃昏，必有炊煙陣陣，抹得胭脂色的天空更加喜氣。人煙盡散，屋宇洞開，毫無祕密地裸露它的滄桑。我在鏡頭裡看見人生的真面貌，所以，當數位相機的螢光幕上不尋常地出現屢屢飄盪的黑影，我竟以為那些黑影也是真正人生的一部分，也不恐怖、也不慌張，定定按下快門。難道，會是那些黑影作祟？直到這時，我才跟妻說起漢寶濕地的異象。然而，當晚洗澡時兒子身上並未出現紅斑，那麼，是第二天上午參觀的福興穀倉惹來的禍？

參訪僅兩天一夜，第二天安排福興穀倉破土儀式，彰化縣縣長特來致詞，農會首長、產業分流推動者也來觀禮。我們悄悄溜進破落的穀倉。倉內，天光稀微，牆身高聳，四周空宕。這曾是穀物的沉睡處，一袋一袋積累的穀物在各自的沉寂處想像光的溫煦。那便是一個一個的夢，夢著田園，也夢著人們的理想，如今再是荒涼。產業推廣計畫，希望再為穀倉、再為彰化縣市造一個繁榮富庶的夢。工作人員說，夏天，就要開始營運了，彰化縣市各地知名產業、工藝將在此聚集、交流、分享。他指著穀倉說，那將是營運中心、那會是餐廳。

我問，金門也有這類計畫嗎？他說有，而且離島的產業輔導向為保障重點，我一聽，便感寬心。到處走走停停，妻迷戀碗盤，也收集碗盤，竟在覷靜的幽微暗處撿到一個碗，兒子到處看看走走，一度還慫恿我跟他走上二樓。就要離開穀倉時，妻子發現一大群黑色斑點佔據米黃色襪子，拚命拍打，我瞧瞧衣服、褲子，很仔細地幫兒子檢查了一圈，卻沒發現異樣。

我猜想，媽媽所說的「飛蛇」極可能在穀倉裡攀附兒子身上。兒子在午餐時深深地睡了一大覺，恐怕正有「飛蛇」肆掠，但因為兒子旅遊時常在用餐時熟睡，便不以為意，再發現時，身上已是兩兩對稱的紅斑。我跟妻本不信這鬼祟的「飛蛇」之說，但前一晚，兒子吃藥、抹藥，紅斑卻在第二天繼續發作，這情景讓我們憂慮。加上媽媽又說，你看，她捲高兒子褲管、掀開兒子上衣說，只有「飛蛇」所咬，才會這般兩兩對稱。妻子也長了些斑點，一看小腿，也是兩兩成對，而結疤的紅點果然有黑色的痂，看上去，還真像蛇的眼睛。

爸爸性喜沉靜，怪罪說，沒事何必亂跑，待在家裡，什麼事都不會發生。說完，跟孫子說，以後別亂跑，跟阿公在家。兒子當然不肯，他從三個月大就隨我跟妻到花蓮、武陵、北橫，兩歲大到過金門，三歲時還去了玉山，接連參加金門、廈門兩岸海中會、參加者有黃春明、李昂等人的金門「白酒美食之旅」、以及日月潭、桐花祭、拉拉山、曲水流觴等活動。這些，開展他的個性，鹿港參訪雖多靜態的座談跟簡報，我們卻非常放心。

住宿時，我們問他，哪裡最好玩？他說，眼睛。

眼睛？天后宮附近許多窗戶繪有許多眼睛，地上也是。那是多年前，返鄉青年發起的意識甦醒運動。那些青年是「鹿港苦力群」，他們投入古蹟營救，擋下道路拓寬計畫。在我們觀看的紀錄片裡，居民跟苦力群兜成衝突、和諧的兩造。稍後，有更多藝術家投入，話題跟衝突不斷，鹿港社區營造蔚為全國焦點。鹿港人醒來吧，醒來吧，那是眼睛的語言。直視，是眼睛唯一表情，看著遠方跟歷史，過去、現在跟未來，在直視裡成為進行式，沒有誰阻礙誰的衝突，沒有誰推翻誰的必要，那是直線，人在線上存在、生活，並且延續。人，或能在延續裡發現人的孤寂跟歸屬，或能領悟破壞已經來臨，而發現那些破壞可依建設修護。那是抵擋，那些眼睛。

那些眼睛看著鹿港，看著，接踵而至的年輕人。一返鄉的年輕人說，再回臺北機會多，回鄉服務，機會卻少。他跟那些眼睛必在靈魂深處逢遇了。那些眼睛也看到金門，撩撥起我曾考慮賣屋辭職，在故鄉搭起小小的眺望臺，並且走下去，勇敢交付生命的念頭。我說，還是猶豫呀，我不是革命家，踏海而去，還得有落海沉溺的決念。

我說，門在那裡，卻缺了鑰匙。我恭賀眼前的年輕人找到他們的鑰匙。

返鄉一事，爸、媽剛開始也支持，但想到自此後，親人分屬海峽兩地便覺不安，再想到日後何以謀生，轉而遲疑。有個週末，我跟媽還有孩子，慎重地去了趟龍山寺求籤，經過求禱、抽籤、擲筊等儀式，得出十三號籤。一看，上上籤，這籤原是安撫爸媽的，沒料到疑慮依然深重，他們還是問，回去，幹什麼去？

爸、媽斬釘截鐵說，回去，幹什麼去？

他們又說，這一定是「飛蛇」所咬，金門有種專治「飛蛇」咬的藥，爸二話不說找鄉親借。等待時，「飛蛇」形象閃閃生現，那看起來像電影《神隱少女》中被巫師控制的白龍，卻渾身陰暗，暗黑色蛇身有灰色流動，一抖一抖地飛，然後竟一小口一小口咬在兒子身上。我看著兒子，不敢道出想像，而向來好奇的兒子竟也不問什麼是「飛蛇」。爸爸取藥回來，妻拿棉花棒，一個眼睛一滴藥，不久，兒子裸露的紅點上畫了數十個黑點。媽說，這一來，就刺瞎了「飛蛇」的眼睛，無處可攀，它就飛遁離去。

媽媽在爸取藥的空檔，折了些紙錢，用紅線綁成一串。我們要回家時，她把鍋蓋放在門外，讓兒子的一隻腳踩住鍋蓋，囑咐說，她唸完禱文後，快帶著兒子走，記得，不能回頭。渾身的紅斑讓兒子癢得難受，這次他真乖乖地聽從指示，臉向外，怯生生踩著鍋蓋，媽把那串紙錢平平鋪在鍋蓋，手拿菜刀，邊讀禱文邊切紅線：「斬飛蛇，斬鍋蓋，爸姓根，媽姓蔡，斬斷斷，走遠遠」，一念七遍，媽眼神示意，我抓緊兒子的手，頭也不回地下樓。

那些「飛蛇」，果真斬斷、走遠了嗎？不知「禱文」還是藥水發揮效用，紅凸的蛇眼逐漸消退，結成一個一個疤，那些眼睛到底飛走了，還是藏入兒子身體？它們到底是外來物，還是本就存在身體跟心裡？譬如鹿港那些依窗而繪的眼睛，它們是外來的侵襲還是內在的省視？而當都會青年多帶了一雙眼睛返鄉營造，能看見居民所看見的嗎？居民能看見他們所看見的嗎？也許兩種視角之間，也曾經斬過「飛蛇」。

兒子紅腫痊癒不久，報載金門高職生，因為感情事件集體械鬥。大金門、小金門兩方人馬，一入校園，見人就掄起鐵條、鐵鍊亂打。報上還分析，大金門學生較多、小金門學生較為團結。多數人一定不明白，那彈丸之地竟有大、小金門之分，多數洋人或也不瞭解臺灣這少民島國，也有許多分歧。如果願意，我們竟能夠細分人與人的差異，在隙縫裡放一條「飛蛇」。

媽在我們下樓後，火化金紙，火光透出三樓窗口，煙冉冉飄起，我再聽到媽喃喃的祝禱。

如果荒野就在內心，五臟六腑都要奔騰而出，
然而，何處突圍？

去路

過馬路。這裡是成都路、中華路交接口，早上八點四十分。我正要過馬路。

衣物襤褸的女人蹲坐人行道，我每天經過這裡都會看見她在過馬路。走到對面，再走回來，邊走邊說話。那話語似在咒罵，或喃喃自語，或說給一個我看不見的人聽。沒穿鞋的腳沾滿泥垢，臉也髒，衣服很黑，有點破，黏搭搭的頭髮黏在流汗的臉頰。我偷瞄她，其他人也是，但她仍過著馬路，走過去，走回來，說話，再說話。我幾乎羨慕她有那麼多話說，不管是說給自己聽，還是說給看不見的人聽。

運氣不好時，我必須這麼站著，離女人幾公尺遠。她指指點點，說說笑笑。癲狂？幸福？我在她的手勢瞧出時間失速而遁的樣子。

我幾乎得等兩分鐘，真要命。

諾基亞“3330”跟摩特羅拉“T191”的手機廣告高高掛在建築體上，另一邊是

OKWAP的彩色手機廣告。女人微笑地握著彩色手機，左臉頰有一小顆痣，我看見她時，總會想起一個很久沒見的朋友。她曾從西門町五號出口出來，從四號入口進去，她在海外，卻不知在哪個國家。很有可能，我過完馬路後她跟著走出五號出口，我沒看見，明天也不會看見，那廣告會被換掉，但我會記得那女人長得真像她，她會被我貼在跟廣告看板一樣高的高度，也拿手機，彩色的，也朝著我看，但她不揮手，不說哈囉，不說好久不見，我繼續經過她，看得發傻，然後過馬路。

讓我訝異的是多年來盤據西門町重要路口的麥當勞成了誠品書店，內急時得另找地方。那些跟香菇一樣佔據麥當勞內一角的老人們不知跑去哪裡？我說「香菇」，是因為老人們靜默長著，毫無預警下，卻突然大幅繁殖。透過報導知曉，老人的欲望氤氳成濕氣一股股，像陰氣，瀰漫。我看見老人也看見一種悲傷，因為有一天，我也將經歷他們的悲傷，只是那時候，麥當勞早不見了，我跟我的欲望不知會以哪一種面目存活？我在這一刻覺得老人們的傷逝也是我的傷逝，他們害怕但渴望的眼神一如初戀少年，但眼神的下面、旁邊、前面，卻是肥肥腮肉跟腫腫的屁股。這已不是他們的時光，但他們不相信。

我說，不要相信吧。可以騙自己多久，就騙多久。你不要醒來呀，但麥當勞不見了。

過馬路。這路很多人早就過過了，他們稱呼它作「前中年焦慮期」。臀部漸漸墜落，腰部掛上好幾斤五花肉，一個朋友說，她坐在前輩的轎車裡時，車子就駛在這條路上。前輩手臂肥胖，操縱方向盤仍得心應手，急轉、剎車，都悠遊自在，嘴角不禁翹起少年郎慣有的不屑，但眼角畢竟麇集太多褶皺，一開一合，像陰唇被插入被鬆開。那是時光的插入，歲月的梭摩，一開一合，都充滿無奈。被強暴的男人，慢慢老了。

慢慢老了的男人也不相信老了這事，跟我朋友說，想為她寫一本詩集。會發表，很多人讀到詩裡的她。她會成為一個象徵，會在那個象徵裡抵擋時光，只是，她必須讓他知道花朵是怎麼盛開的，讓他採擷，用智慧、用心眼。我是在餐廳聽她說話，滿盤的青菜豆腐不是裝著肉欲，而是一條條路。

她沒讓自己成為永恆的象徵。因為她不相信永恆，她還年輕。跟她談永恆，不如跟她談肉欲，不如跟她說他就是喜歡她，想她。兩個沒有交集的靈魂擠在車廂裡，走的是男人的路，她只好下車，她只好過馬路。或者，當她過了很多很多的路以後，她會明白自己錯過什麼，也慶幸錯過了，才能記憶清晰，且侃侃述說。

過馬路吧。女人站起來，她也準備過馬路了。她走到那邊會再走回來。我好奇，她的時間究竟停在人生的哪一點上？我問差些被寫成詩的朋友，難道你沒有一絲絲感覺，像暗暗高興、像虛榮？她說，且微笑著，她真的不知道自己的力量。她真的不知道可以扮演什麼？

我準備往前走，這裡是早上八點四十二分，唯一的一天的八點四十二分。十七歲的少女會走進十八歲，剛打薄的頭髮會染得透紅，脊椎尾端紋上一朵薔薇，用星座找她的下一個男友。二十八歲男士看見主管終於朝他笑，薪資條長得更好看。四十來歲的她會看見老公稀微的背影從茫茫夜色裡飄了進來，她知道有鬼，卻必須等到自己也找了一個鬼以後，才知道心中藏鬼的滋味。

我要過的路明明是成都路跟中華路的交接口，但他們說這路叫「前中年焦慮期」。於是，我還沒有過以前就先焦慮了。

我可以學女人一樣，走過去，趁綠燈沒換前，再走回來？

很多朋友是這樣子的，他們理應比我更早通過馬路，卻遲遲不見蹤影。他們把自己閉鎖在更遠的過去，朝我笑著青春嫵媚的多甜笑容。他們繼續研究自慰的方法，弄熱毛巾，買情趣用品，有的還在界定性向，不知該插入好還是被插入，或者被插入、也插入。

他們前面是一大片模糊，我對這有說不出的感動，甚至是羨慕。他們可以一直茫茫走著，他們不以為那是茫茫，若是，又何妨？你說，哪裡不是茫茫，不是焦慮，不是走投無路？我想也是，我果然是在走投無路以後，再看見我要去的路，這路叫做「前中年焦慮期」。

但是，麥當勞不見了，那些老人走去哪裡了？

一個小說家比我早走幾步。他已經在路那一邊。他以前常常走過去，再折回來，但沒折到底，留在安全島上。他根本不關心燈是紅是黃是綠。他伺機而過，沒有發生車禍。他在這一半的路上折來折去，折出許多女人的眼淚跟自己的淚水。他的懺情錄處處可見。裡頭永遠有人受傷，且一再受傷，我在裡頭看見情感大幅勃發的態勢，一種情感已臻成熟，但卻留在少男多情的歲月上，他異常清醒地感受到戀愛細胞一顆顆爆開來，他要愛。要，戀愛。他軀體半老，卻覺得人生剛出發。他要很多愛，很多戀愛。他的文章說，那絕非交配的焦慮，而是知道剎那就要過去了。這剎那、這剎那啊，他大聲呼喊，我只擁有不斷的剎那，甚至，我只有一個剎那。所以，他折回來。多年後，小說家畢竟走過去了，而且，一副不回頭模樣。我從他的離去，看見他已經服從了，我也相信他會找到他自己的麥當勞，一間只賣炸雞，不賣少女笑容的麥當勞？他會找到嗎？誰知道呢？那些老人就沒有找到。

我的一個錯覺是，他們根本沒有離開，只是被移到另一個時空悄悄繁殖。我聽到揉皺衛生紙的聲音，聽到有人說，我的孫女都比妳大。大？但又如何，你還不是做了？少女這麼說，收了錢，走了。老人在哭。他上了人，但也被強暴了。他們去哪裡了，在哪裡哭？麥當勞不見了，但他們仍要繼續過馬路。

過馬路了。我走我走，別催。該死的，我看見綠燈一亮，秒數倒數計時，就開始焦慮。

別別別、催。我急得口吃。我的手臂長胖了嗎？是我靈活操縱方向盤，我想吻你嗎？我折回去好了，我、我不走了。女人走得快極了，像訓練有素的籃球選手，快速跑過去觸摸底線，又往回走。啊，她掉頭了，是因為這樣，五年前的她跟現在的她居然沒什麼變，因為折返，她沒老？還是她說話，邊走邊說，尤其是說給一個看不見的人聽，所以她，逃逸、消失。

她是消失了。她前面沒有路，後面也沒有，她的行走跟述說就是一切。她不長大，也不長老，不變好，也不變壞。我忽然覺得她是我的一個尋覓。她本來不瘋也不蓬首垢面，她原是清純的美麗女子。她的汙垢是我畫上去的，她的述說是為我準備的，但我不再聽懂。

我不再聽得懂，於是，一個個老的、胖的、寫詩、寫小說的、搞政治的、學商的男人們，都裸身，一齊跑過馬路。

路上，有人打噴嚏、咳嗽、流鼻水，也有人哭。

張望

一張臉跟另一張臉有秩序地疊著，隨電扶梯上、下，成為眾生一排。

我也擠成一張張臉，年齡、性別、個性、身分、職業、喜好等，早被擠丟了。我不需多說什麼，我是行列裡的一個部分，這行列卻仍在組合、排列，不分晝夜，如涓滴流過岩石、深潭，聚成漩渦、緩流、急流，我再也不能多說什麼了，只是順著這個行列流過該流的地方。

然後，我就走出捷運站，搭二二六或二二五公車，到爸、媽家接小孩。

估計過嗎？電扶梯只上、下兩個方向，完成上或下的行程，需要多少時間？我算過，那介於二十到三十秒之間。我在這剎那裡，看見一張熟悉的臉，越來越近，那個人喊出我的名字，我喔一聲，也說，原來是某某呀！欣喜凝望時，我才發覺除了上、下，電扶梯還有靜止這個向量，突然把我帶進認識他的時空，我一下子想起他是大學同學，姓葉，有一個雙胞胎弟弟，大二那年不住宿舍，自己租了房子。他住臺中，爸、媽來學校探望過他，他跟弟弟站在一起，露著一樣羞赧的微笑。他中山大學唸完讀中正研究所，前者面海，後者臨山。

我上、他下，我們站在電扶梯兩邊，他沒有上來，我也沒有下去，搭乘兩具繼續運轉的電扶梯，揮揮手，再見。上公車時，我不禁想，我怎麼沒有下去，八年沒見了，總有話聊。往後，我搭電扶梯，總要抬頭望著一張張滑下來的臉，看那裡頭有沒有他。若有，這次，我會不會請他等我一等，我改搭往下的電扶梯，敘敘舊？

我沒嚴格算過，但知道兩人重逢電扶梯的機率極低，那次重逢隱藏人生際遇的奇蹟。有一天，車廂的門打開了，也八、九年沒見的學妹在月臺等上車。門開，她看見我愣了一下，我微笑點頭，拍了拍她的肩膀，直接走上電扶梯。她小我一屆，以前瘦巴巴的，像脫水蘋果，現在則豐腴了些。我任系學會會長時，她是我聘任的幹部，北一女畢業，還有呢？沒有了。那可能是我這一生以來最後一次見她，學長、學妹的關係已隔得夠久，也遠得可以把她（或她把我）視為跟電扶梯相關的、跟茫茫眾生相關的行列，她消失（或我消失），並不會阻止行列繼續組合、排列。

我把這個遭遇當成一個現象，饒有興趣地讀，以及感懷地想念。

我通常在帶孩子回家的路上想這些事。帶小孩回家多在八點以前，我已吃飽爸爸煮好的晚餐。小孩讀幼稚園後，委由爸爸託管，我也微微發福，回到爸、媽家，我也回到兒子的身分，爸、媽總要我多吃一點，宛如我還是青春期的小孩。

兒子跟他的阿公慢慢熟了，他爬上沙發，亂踢阿公的背，再一溜煙逃跑。其實沒地方逃，很快被滿臉鬍渣的阿公逮住，嘟著一張嘴，要親孫子。兒子伸出小手劈哩啪啦亂打阿公的臉頰。爸爸假怒地說，你敢對阿公按呢，看我怎麼修理你，挽住兒子的手，用力親了幾口。我想，爸爸這一生沒被幾個人這麼拍打臉頰，也沒那麼用力親過幾個人的臉，在這溢滿幸福的感動時光中，我也看見有一些事物永遠消失了，比如爸的嚴峻、暴躁，以及動不動就操個不停的三字經，以及，我永遠走出爸爸的懷抱了。我牽孩子的手走出仁愛街、秀江街口，到龍門路轉六二一或二二六公車，賣蚵仔麵線的老闆娘早已搬家，賣豆花的老闆白髮如霜，我是走在一條逐漸老去的路上，不知道再隔多久，我會老得連記憶也不能回憶了。

我是不能再說些什麼的，我的沿途是一些人的經過，我記得他們，不保證他們能記憶我。上車後，我讓孩子坐在我大腿，酷愛汽車、且能指出各款汽車的兒子朝窗外的車輛指指點點，還要多少時間，他就不能坐在我大腿，不再需要我的事事小心，他會有一把鑰匙，大門開放，時間跟空間也對他開放，到時候，不知道我是在哪裡？我會在哪裡想著一些什麼樣的事？

公車在龍門路底轉走環外道路，假集賢路、接自強路、進五華街，就抵家了。我在十分鐘左右的車程裡停止張望，看著壓得低低的雲靄摩娑著河堤上騎單車的人影，也看著颼颼溜過的檳榔攤。穿著清涼的妙齡女郎坐在裡頭，她們低頭料理檳榔，整理頭髮，調整性感尺度，她們不會是我張望裡的面孔，一個一個溜過的只是她們的容貌、姿態跟身材。有時候，什麼也不想看，摘了眼鏡，夾進口袋，不期然地問自己，什麼是我的張望？

我想，我是在期待一些可以跟過去發生關連的「什麼」。這裡的內容是一張臉，或一張張臉。剛開始，先預設的是一張張臉，如果，在電扶梯短短三十秒的行程內，都能看見久違的人，我用一小時、兩個月來尋覓，會不會遭遇更多更多的久別重逢？

我也鎖定一張或兩張臉，且記下鎖定對象的姿態、背影。這時我才發現，我竟是如此記熟了一個人的長相、側面、背影、髮質、膚色、穿著、配件、姿態，以及我跟他們共渡的一些片段，所以，我會在唱片行、百貨公司、公車、捷運站出入口等，看見似曾相識的某一個人。我以為那就是他了，很快地繞過專櫃、趕幾條街，看個究竟。特別顧念某人時，那人便可能出現在任何地方、任何時間。我不曾找到顧念的人，他隱藏在茫茫眾生裡，每一個人都挪出一部分特質來象徵他，每一個人都是他，也都不是他。

我仍張望。張望著我的寂寞，跟可以言說的空間。那空間有別於家，妻、父母跟兒女，那是人生的另一個向量，人生沿途裡的沿途，如大河的支流分佈，主幹跟副幹。我沒找到，無意找尋的人反倒出現，然而，他們的出現也只是為了再度消失嗎？記憶是一種選擇，所以，我沒搭電扶梯找葉姓同學，他也沒上來找我，我拍拍學妹肩膀，告別現在，也揮別過去的關連？

我們是為了發現一種關連，才能天天搭上永不止息的電扶梯，而不覺疲憊吧，但我們能在何處發現永不斷絕的關連呢？還是，那樣的告別竟不是告別，而是一種連接了。

孩子曾在入睡前抱著我說，爸爸，我好愛你，愛得好想哭。問他為何想哭，他說愛得很感動，沒法言說，只好哭了。我不知道該尋覓什麼，只好繼續找，我在不斷的張望中想起孩子說的這句話，也想起有一次跟妻說，誰是會陪我們一起老去的人？不敢列名單，怕的是列不滿短短一張便條紙。

車抵五華街，下車，走進巷弄，上樓，洗澡，玩遊戲。一路上，孩子緊緊握著我的手，連他不小心摔跤，也握得緊緊的。因為，我牢牢地握著他，而他也沒有鬆手。

明月當空，月光如乳灑了下來，公園裡的欒樹葉子盛著月光，風吹鼓動，似浪跳躍。那些在樹下乘涼喝茶的人，似在層層大浪裡。我陪孩子看了一會兒月亮，再走時，孩子說，看，月亮跟著我們走呢，走沒多遠又說，月亮跟著我們回家了。

我不需再多說什麼了，我所張望者，原來是那些他們已經鬆手，而我仍希望緊緊握著的人，一如當下的明月一輪。

困處

那原來是我每天都會路過的一個地標。只是這樣。

白色建築，十來層高，廣告布條掛在上頭，一條條的，像綵帶。即將開幕的字樣張掛著，它在衡陽路、中華路交接口，現在是星摩市，新生戲院是過去。遠東百貨在斜對面，後頭接警政署、中山堂，要到城中市場、重慶南路只消再走幾步，離國軍英雄館也近，正對著的誠品書店開幕不久，淘兒唱片行則營業多時，許多年前圓環已剷平，中華商場更早走入歷史。

高中時，曾訂做多套白得發青的制服，老闆拿皮尺測胸圍、臂長、腰寬。量褲襠時，皮尺從拉鍊繞到屁股，尺柔軟，敏感的性腺卻也觸動，一陣酥麻引燃。我抖腳，或來回走，好澆熄讓人臉紅的少不更事。經過路口，我沒想起這些，遠離了，但其實哪裡也沒有去，商店變成道路，我的少年不在了，只像電影輝映著，默默地在那裡量身體、買亮皮皮鞋、吃謝謝魷魚羹跟大方四果冰。身高跟腳長從那時候便不再長，它是一七六加減零點五公分，它是九號或四十二號，它們也默默留在那段歲月，被使用，但不再計較誰高、誰矮。我的某些規格在當時已經定型，其他部分慢慢打造中，不久後，越陌生，越遠離，終至面目全非，那時候，中華商場該扮演什麼角色，星摩市還叫做星摩市嗎？

星摩市在這一刻的的確確叫做星摩市，一場談話改變了這個路標的意義。

那天是誰說著來的？它過去叫新生戲院，火燒後重建。這場火改了一個字，新生變成新聲。從隔壁舞廳延燒過來的不是慢舞、香吻、胭脂，而是大火。夾板被烤得像土司，空間快速打通，火是鑰匙。中間隔著牆、是貧富階級、還是政治人的菸斗跟權勢名流的名片都無所謂了，一律平等，燃燒著。

那天是在會晤上。是了，訪某文教基金會，不知何故提到星摩市跟「福爾摩莎」。基金會秘書說，她曾義正辭嚴地告誡外國人，臺灣不是「福爾摩莎」，她有禮、也不容懷疑地謝絕這稱謂。為什麼？因為那象徵蠻荒，空間未開化，時間還留在遠古。多古？大概是荷蘭人發現臺灣時，發出短暫、卻也洋溢侵略、意淫這塊土地的讚嘆，只不知，這名詞流行了，荷蘭人五味雜陳的感嘆移居幾世紀，硬是印記現在，她想到「福爾摩莎」，不得不聯想到帝國主義虎視眈眈下的土地，一塊將被霸佔、豪取的好山好水，沒料到這名稱以譯音或美好解釋成為標榜，人人陶醉地說，喔，福爾摩莎！她也在被稱謂的福爾摩莎裡，在外國人對這個蠻荒用詞的想像中，她說，真正的福爾摩莎早已遠離，我們是在臺灣、現在的臺灣，就不能用這詞來勾勒、想像、營造，難道，我們非得套進不對稱的歷史裡？

不能？人各有執吧，人在那個「執」會誕生、衍化出解釋來，一個又一個。

然後，竟然提到星摩市了？我懷疑是時間、空間剎那大搬家，像撒骰子一把把，建築——時間裡的建築自由移動，星摩市掉落，從言語裡。

它就掉在我每天早上都要經過的路上。

還沒營業的大樓貼著廣告，各式各樣，情趣用品、紋身、餐館，那面寬寬、長長的牆不能阻止人在上頭貼了什麼，就連小小一張0204電話也接受。不久後，大樓裡會充滿鼻環、刀具、色情光碟、賓館、鐵皮玩具、唱片、日本玩偶等專賣店，那裡頭的空間必不同大樓的前身，必不同新生戲院跟新聲戲院。

我特地上網查新聲戲院，知道它果真鬧過鬼。舞廳起火，燒死舞女、舞客幾十人，他們到死後還在找尋自己面貌，對廁所裡鏡子特別感興趣。他們臨鏡，卻看見上新聲戲院看電影的人的臉。他們納悶，自己的臉哪裡去了？臉在動念中發生，鑽化出來，從那面平坦光滑的水銀鏡子。

有人看電影時睡著，醒來，老歌播放，是白光、孔蘭薰還是包娜娜？以為這是電影一場，俗麗的裝潢紙貼得滿牆，老的少的胖的，都握著纖纖細手隨歌扭舞。怎麼了，他也在電影裡？揉揉眼，他真的在電影裡，舞小姐問他跳不跳舞，他跳他跳，卻跟不上舞步，踩掉舞小姐的高跟鞋。她生氣了，口紅融化、睫毛掉了，嗤嗤一陣，頭髮變成白煙一縷縷，她伸手指責，手腕肉塊點點成灰。那是群鬼運用動念重演一次逝去的時空，只是我們不懂，惹得他們傷心。新聲戲院的天花板、牆、地板，垂下眼淚一滴滴，陰了，終年如此。

經過星摩市時，天氣有陰有晴，透過新穎的帷幕大樓，我設想，樓的結構早徹頭徹尾改變，你已嗅不到那年排隊買票人擠人的汗臭味，你也聽不到老歌播放，你沒有聾、沒有啞，卻呀呀地想指證一些什麼時，發現每多說的每一句話、所聽到的任何一陣風聲，都在催你老去。你折返，永遠性地回頭，才訝然發現找錯地標了，你所找的在前面。在前面，卻永遠去不了。然而，卻有些人困在你永遠也去不了的前面，留飛機頭、梳黛本頭、別胸針、戴假髮、穿旗袍、唱老歌。他們一直困在那裡。

他們現在還在那裡嗎？我好奇。

大樓被怪手轟隆轟隆地挖，樓高不見，樓寬也不在，他們是不是還死守著起火的屋子？若是，廢墟當另起一層華樓，夜裡喧囂，卻無人聽聞；若是，是否能拍下他們映在星摩市上的模樣？若不是，他們是否被困在新起的大樓結構裡，被電梯天天夾住、樓梯天天踩過、被鋼筋天天架著，動彈不得，他們是不是就此失去幻化時間、空間的力量，再不能跳慢舞、唱老歌，再不能溫習一次遭火焚化前的短暫快樂。是不是呢？

還是他們也迷路了。學七十歲或五十歲的人，看熟悉的一個位置填入別的事件。這新的事件太重，逼得老掉牙的往事跑到一邊，然後跑遠、跑遠。

我看著星摩市，跟死亡有關的一些些悲傷，陣陣湧起。

所以，我沒找到爺爺，用夢。他在金門過世，一生沒到過臺灣，不知道路的哪一條能上臺北。會不會他躑躅的魂魄飄到料羅灣，選搭一艘軍艦，上了高雄港，黯然一嘆又回金門？他不會搭飛機，他在高雄、金門的海路上思念我，他的魂魄在海上顛簸，也吐了嗎，跟過去數十年搭乘軍艦往返的鄉人一樣吐了嗎？我回去找你時，看見照片懸掛供堂旁邊，梵音輕吟，你怎麼沒在我回來時找我？你那時正好搭軍艦到臺灣，拿枴杖勾著欄杆，免得摔倒？你一直擺盪著，在狹長的臺灣海峽上？你困著，還是迷路了？

服役龍潭時，那些壓過我的鬼兒們，是不是還在置物櫃跟曬衣間的陰濕床榻上，摩梭躺在上頭一個個鬍鬚剛剛長粗的阿兵哥。還在玩這遊戲嗎？如果偶爾驚醒，是否自覺幼稚，這不再有趣，何以夜以繼日這麼壓著？面無表情，漸漸不知為什麼這麼做，卻夜夜出現。空間侷限，時間是壓迫的，這是他們的存在，他們的鄉愁，他們唯一記得的、跟人世連結的一個方法。他們夜夜腳抵槍托、槍管朝咽喉、手扣扳機，他們夜夜在野林間綁個死結，掛上脖子，踢翻板凳。也夜夜被車鳴喇叭驚醒，掉到十來公尺遠，他們用一整個晚上時間走到撞擊處，等待下一次撞擊。他們夜夜都要化一次妝，唱幾首歌、跳幾支舞，夜夜再融一次妝。一個窄僅容身的地方，時間循環而過，一直地。這便彎繞成一個孔徑，你窺探、你聆聽，鬼在那裡，愁思也在那裡。

那原來只是一個地標，不帶情感的座落在衡陽路、中華路口。我後來看它，卻覺得它換了另一個樣。是一種過去困在那裡面，那一種再變成一種種，那形成過去的一個凝聚，在一個形似黑洞的孔徑前，演這個地域的前身。地域混合，像擲出骰子一把把，時空隨機緣搬家，出現了不屬於星摩市的野林、道路、碉堡。他們在一起表演死亡，一齣齣演，原來，新聲戲院並沒有下檔過，新的鋼筋水泥也變更不了它的舊檔期。

過去是一種規格，不長高、不長寬，恆在那裡。

大雨中經過西門町，烏雲極低，星摩市是模糊了，往旁轉的中山堂、往前走的國軍英雄館、往斜去的遠東百貨也都模糊了。這景致當然會再清晰起來，只是雨停後，它們或許都不在了。

那時，我們是離開了，同時也困在那個時空裡。

落葉

晨間，我照例經過西門國小。過馬路，轉進紅磚道，夏天，蟬很早就醒來，藏在蓊鬱濃密的樹叢裡，吱吱呀呀，斷續或連續。晴時陽光豔麗，陰時天空倏然變老，若是下雨，我則來不及多看，只顧著避過積水的窟窿。我一直記得一個秋天，走在紅磚道時，好大一片葉子從空中翩然落下。它左搖右擺，是被風牽引了，還是看著離脫自己的樹幹，知道再深的牽掛都屬徒然，只希望再靠近樹幹一點點。一點點都好。於是，它不偏不倚地落在我眼前，告訴我一個人，只告訴我一個人，它是以怎樣的心情永遠地離開了樹。

我現在途經西門國小紅磚道時，仍會看見那片落葉。它的言說是成功了，它變成幽魂，在回憶裡佔據了可能會淡忘，卻永遠不死的位置。我經過西寧南路、中華路、寶慶路，再到重慶南路。我有時會在傍晚走同樣的路回家。那景致不同清晨，街道上擠滿捧食阿宗麵線的人，一片片百褶裙在夜風中徐徐飄動，經常會好運氣地看到穿小可愛的女孩，露著一截一截光滑的肚皮，情人節到，他們的影子都黏了起來，我經過今日百貨公司附設停車場，連流浪漢當床睡的長椅也坐了人。我在經過一些街道，也經過更多人，但在早上，西門町卻是純粹的空間，我卻容易在空無一人的街道想起許多事物來，比如，我會把某個人放在玫瑰唱片樓下，把某件事擱在萬國百貨售票亭前。

也許，當我經過西門國小紅磚道時，已預示了我有可能踏進一座回憶之城。那片落葉似一個故事，天天掉落，天天敲醒一些什麼。我看了一眼烏黑的樹幹，想起葉子掉落那天距離現在已遠，樹還記得那片落葉嗎？早已化為烏有的葉子仍惦念著它的牽掛嗎？

也許，這一切只是一場空想，只是，這空想找到空間放大，所以我走過西寧南路，看見捷運入口跟淘兒唱片行，便會看見你走出捷運口。你長髮及肩，常穿藍牛仔褲，你出捷運站時臉頰緋紅，胸口微喘。我看見你朝我走來，所有我經歷過的事件在這一刻都退到沉靜角落，唯你喧嘩。你走來，你穿透我。我著急地叫住，你有回頭，真的有，但你沒說話，因為我不知道睽違多時，你會對我說些什麼來著。我看著你經過淘兒唱片行跟隔壁的西餐廳、屈臣氏，你慌張穿過馬路，我說，我在這裡呀，你卻依然前走，趕赴過去的時間。你後來是走進蜂大咖啡廳，點了杯冰滴曼特寧，我坐在你對面。你說，正在研究文本翻譯之後的文化差異，比如，中文翻成英文時，竟把西方看待東方的文化差異性也譯了進去，譯本在異國流傳後成了認知，而這認知，居然是身處東方的你、我所不熟悉的，一個文本的解讀，便存有以訛傳訛的部分。你饒有興趣地說，白皙的皮膚在這一刻映著淡淡的一層光，我知道，那是你從未顯露的部分，就像後來你、我距離遠了，用依媚兒伊來伊去時，我才警覺，你有些部分隱藏在語言外，文字正一點一滴溶解開來屬於你的遮掩。

蜂大咖啡的客人多數是老人，我心裡想，終有那麼一天，我們都會老去，我們經歷過的一切都將化為烏有，而那時，我們啜飲咖啡的杯子還會以現在的樣子被人啜飲，咖啡桌繼續沉澱咖啡，人來人往，我們將只是咖啡桌上似有若無的影子。也許，蜂大咖啡廳早已是時光的產物，我們喝咖啡的姿態是一場人生的接續，所以，你便把普魯斯特帶來咖啡廳，說他臥榻床上，以回憶敘述一生，你似是在敘述裡看見普魯斯特的老以及自己的老，臉色慢慢寧靜，於是，我們便在一本《追憶似水年華》裡，看著他人時光、也望著自己的時光，匆匆間，我們把自己擺進未來。是誰，先哀哀地嘆氣？是誰說，單是想起《追憶似水年華》這部敘事結構就要傷感落淚？

如今，站在我對面的蜂大咖啡廳已成了我安放你悲傷成分的所在。

我得上班，我得往前走，過中華路、寶慶路，那麼，我就把你放在蜂大，而不理會了嗎？不，不是那樣的。就像我途經國軍英雄館，卻仍看見窄巷裡消逝的大方冰果店，懵懂的青春在銼冰的雪花間悄悄起舞；在已變成大車道的中華路看見謝謝魷魚羹麵，且看見一次爬完皇帝殿回來，同學連吞五碗的情狀。我在消逝的地域擺上永不消褪的回憶，蜂大脫離那一長排建築物，被賦予自己的語言，悠悠獨立。它可以隨時出現，如同你，總像從人海裡朝我走來。有時候，你以背影的姿態來，我得快步走，追問那是不是你。你也以一頭長髮而來，以側面、以藍牛仔褲。你也出現在人少的街道，鼻頭冒汗，匆匆地走。我只是問你，你走得連行蹤都消失了，你還要走去哪裡呢？

下班，二二八公園瀰漫青草新割的香氣，明月安靜地懸在臺大醫院上空，藍天無雲也無霞，只佈上淡淡的一層暗影。我看著光影加層、加深，天是暗了，傍晚時，溜下樹來取食的松鼠們已爬回樹幹，夜跟樹影聯合遮掩，已難以辨明哪些是鼠、哪些是樹，一切都回到寤寐的狀態裡，等待一個開始。而這裡的夜卻才剛剛甦醒，我跟你說，徘徊欄杆邊者是一些同志，俊美的、瘦的、醜的，卻少有胖的。

你見著了嗎？

你看見入夜後公園裡的長椅坐著一對對擁吻的情侶了嗎？他們可能是男女、男男或女女，看見池塘了嗎？夜燈照出金魚們斑斕的肉身，只是多已沉寂，而你、我走過，兩顆心卻不沉寂。你看見雨落在冬天裡的公園了嗎？記得我那天穿著寬大防雨的披風？你看見誰把報紙墊在椅子上，好讓我們可以坐著說說話？這些種種的細碎雖不足以烘托我們共渡的一些些時光，卻也模擬得非常真實，糟糕的是這些細碎日日夜夜地重疊起來，從中，我就能讀出我的一生也將這般細碎、這般細碎地憶起一些經歷過、但想不完整的情節。然而，我畢竟是想起松鼠是如何機靈地跳到你身邊，怎麼叼走你手中的餅乾，又怎麼一溜煙爬上樹幹。

時候已晚，我會走出今天的公園，來到明天的公園，我會在中興橋頭下車，過馬路，沿著西門國小的紅磚道走。再過馬路再過馬路，而我一回頭，就會看見那片葉子的掉落。誰知道它是如此牽掛即將道別的樹木？誰知道它始終在那裡堆積著，講了一個故事又一個故事。這都起源於因你而起的言說，我把你跟那片葉子寄附在一起了，但是，是你飄落、還是我飄落？

也許，落葉看到的是樹幹的離脫，於是，當分離開始，是這頭飄向更遠的這頭，是那頭飄向更遠的那頭。只是，我用牽掛繫住分離，我把你放在葉子上、樹幹上，西門町裡、和平公園內，我一直一直往前走，卻會遇見一個一個遺落在身後的你。

走了，真的該走了，前面是西寧南路或寶慶路或中華路或捷運西門站。

綠燈通行，我往前走；前面是你，後頭也是你。

不在

潘弘輝來找我。他說，要帶給我一個東西，我以為是皮雕或木刻，他剛從巴里島回來，我遂有此聯想。他帶來一本小說《水兵之歌》，他的新書。他瘦了，我久久才見他一次，雖然一個月電話可以撥好些通，依媚兒可能寫上十來回。

我帶他到博愛路一家不貴的、我有貴賓卡的餐廳，到了時，才知道餐廳促銷，用不著貴賓卡。位置不錯，深寬的沙發很舒服，桌面也夠大。我說，這家店門面氣派，以前路過只邊走邊瞧，它拉高的門面跟燈光照耀出來的恢弘大廳像極舞廳。上回是跟陳謙、凌明玉來，陳、凌兩人不知我邊聊天邊思考何以成立《幼獅文藝》寫作班一事，該怎麼籌劃、且推廣閱讀跟寫作？這想法像磁鐵，吸附我，結束與陳、凌的聚會，寫作班一事不僅規模粗具，連步驟都清晰了。我們的談話跟寫作班無關。我想不起來我們到底談了些什麼。

潘弘輝拿出書籍前，我正想著前述的事，還是想不出來到底跟陳、凌聊了什麼，卻清晰這件事確實發生了。潘不抽菸，我很意外。我戒過很多次菸，現在戒掉週一到週五的白天，我說。餐廳人還不多，到了人多的午後，說話得用喊的，出了餐廳便發覺嗓子已啞。

你去巴里島幹嘛呢？我不懷好意揣測。

走走，散心，真的差些發生豔遇。真的差了那麼一點點。

差那麼一點點。他沒以動作比擬什麼是那一點點，我卻在心裡以食指跟拇指比著，兩指之間的空隙只有那麼一點點。我瞇眼看窄窄的空隙，那窄如陰戶的空隙。我看見男人似要佔有它，男人獰笑，眼睛映出肉色。但無論如何，卻是空隙擴大，什麼都能嚥下，黃的、黑的、咖啡、白的。粗的、細的、短的、長的。去去。去。我喝口水，趕走這些想法跟畫面。

我羨慕他能消失一個月，真是他媽的混蛋。這混蛋可以一次用盡累積的假期，上網找旅遊目標，持護照，漂流而去。我想起妻說著她長年以來的幻想，一個人背負行囊，乘火車遠去，或搭飛機消失。她說這些話常在深夜，兒子酣酣大睡，萬一那天兒子疲累，鼾聲還能傳到客廳。他曾說，爸爸，不要把我一個人留在夢裡。他問，為什麼總是一個人在夢裡？你下次看見怪獸，就趕快喊爸爸，爸爸就會跑進你夢裡，打死那怪獸。

爸爸，我不要，一個人，在夢裡。

是啊，我知道，你不是一個人。他安心睡著，有時還會笑得渾身打顫。兒子已不是那時候的兒子，身高、體重變了很多，那時候只有三千兩百公克，五十二公分。那時候是民國八十七年春天，林水福任中國青年寫作協會理事長，應他的邀，一家三口參加作家參訪團到花蓮。謝謝他還記得失業中的一家人。兒子還不會翻身呢，擱在我懷前的背袋裡，好些人抱過他，方梓、丘秀芷、袁言言、歐銀釧，那次朱婉清也去，她潛逃出境，消失了。我當初看見報紙新聞時，免不了會想，這是什麼型態的消失，這該是一種斷絕，很徹底的一種不見。我記得她從花蓮搭乘火車北返時說，那是她第一次搭臺灣的火車。那也是兒子第一次搭火車。

用餐時，我找來椅子跟板凳讓兒子躺著，他還不會翻身，安分地躺在高高的天花板下。妻那時很胖，她恨死那陣子拍下的照片。現在她瘦多了，瘦下的她又想起常年縈繞的想法，去一個地方，沒人認識的，分不出人是陌生還是熟悉的地方。很美的一個夢，我也有過，高中時，扛一個背包到處去。我去過紅河谷露營，下公車時，滿車的臺大學生紛紛回頭看，有的還推開窗，頭探出來看。我也往後看，後頭都沒有人呀，才知道他們是在看我。看我獨自一人扛著帳棚露營。那個下午很不可思議地獨自搭起四人屋式帳，半夜坐在水邊，一條細細水蛇蜿蜒游來。還有一次也是自個兒到南天母森林遊樂區，樹枝乾燥喀搭而響，驚得我一夜難眠。後來被吵醒，才知還是熟睡了。半夜，不知誰在林間吹簫，我那晚沒再闔過眼。

妻說著那番話時，臉陡然瘦了，圓圓的臉忽生稜角。我很想打岔，但忍住讓她說完。一個很美的夢。一次在公館，我初識她，但未交往，像平常朋友逛街。風大，颳得她的髮一逕地往後飄。天寒，她的鼻子有些紅，她繫著的圍巾往後飄。如果妻背著行李消失而去，那畫面便該如此，衣角、頭髮、袖管、腳印，都一律往後飄去。我想起為了治癒一次失戀，我一個人到擎天崗，躺在草坪上，也躺進已逝去的回憶裡。我重溫與那女子的戀愛，我一個人，孤獨的、寂寞的、悲傷的躺在天地之間。我也迷失在重溫的地方裡，我不能再去，後來放假，哪裡也沒去，租錄影帶，看一整天，也喝一整天的酒。

妻沒用跟美麗幻夢相等的敘述，結束這美麗幻夢的敘述。這句號是愁苦的、不幸的。

我沒能說我的夢，正確的說法是，我做過那些夢，且在短暫青春歲月裡完成過。

從某一種程度說，潘弘輝這老傢伙還在青春期。我跟他都點了焗烤類的餐，後來上的飲料是裝得滿滿泡沫的大碗公咖啡。他的綽號叫「炮灰」。我一直搞不清楚這綽號是指當替死鬼的那種「炮灰」，還是很會搞性關係那種「炮灰」。後者會讓我焦慮，那讓我想起青春期苦找無女友的愁悶，他那麼稱自己、他的大學同學駱以軍也這麼喚他，我卻一板一眼地稱「潘弘輝」，或「弘輝」。他談巴里島時，我又想起這個。她們到底怎麼樣了，那群高中一起玩耍的靜修女中、莊敬高中、滬江中學？一個嫁了，另一個？最後一個呢？

那些高中一起走北勢溪、中橫、溪阿縱走、太平山的同學？

走北橫很危險，紮營在橋下的河床上，隔天拔營不久，剛走上公路，溪水陡漲，淹了紮營的地方。北勢溪沒人去過，憑山友綁在樹枝上的路標，從闊瀨國小走到宜蘭，入山而後望海，重重迷霧後新天地乍現。太平山也是走上去的，從土場走，過仁澤、神木，紮營翠峰湖時，一條眼鏡蛇很悠哉地爬過帳棚，卻嚇得我們大呼小叫。有晚住工寮，有工人經過，他說，不久前死了人，屍體就停在工寮。問他停在哪裡？他說不上來，每一個人覺得自己睡著的床位都有可能。工寮的廁所是露天的，蹲在擋風的薄薄門板後，糞便對準凹洞，一瀉，屎落在數十公尺深的山溝裡。

每一次健行，多男女同行，我的好友林錫龍就那麼戀愛、結婚。鄭儀雄、吳照雄、王宏民、王寶秀、葉金鳳呢？這些人一個一個不見了，他們消失後，再也沒有人能證明我也曾經年輕，曾是到中華商場買回一長一短木劍的怒眉少年，帶木劍搭公車回程上，沒人敢多看我一眼。

那就是我，很酷吧，一個會在半夜點兩根蠟燭拿木劍劈滅燭火的少年。這個人，已是個爸爸了。

另一個人擠出臂肌，作勢揮拳，表情挑釁，目露凶光，藍色內衣繃緊，小小乳頭挺立出來。

又一個人，高中制服白得發青，明明瘦，卻又過度合身，像隻公雞。

那兩個人也是我。但沒人記得了，妻在那之後才認識我，兒子拿照片左看右看，不相信那是爸爸。

爸爸就該是目前這個樣子。當馬、當玩伴。兒子喊爸爸時，像宣判我老了。誰能記得我一點點過去的樣子。喝完咖啡了。持用刀叉、咀嚼、吞嚥等干擾談話的因素已經掃滅，談話可以連續，緊密地。我跟潘繼續說話。我們稍後在路邊分手，他今天，是以青春期的樣子跟我說話。

你怎敢一個人去？

沒什麼呀，巴里島很安全。

他描繪一個狂歡之夜。有酒、霓虹燈、音樂、女人、男人，有舞蹈。有他，在那裡頭。在幾千公里外的一個小島邊，海濤陣陣，舞蹈節奏大振時濤聲隱匿，換曲空檔濤聲才又浮現，才能知道這的確是在濱海的島。

有他在那個島上，這島，即是他跟我之間的差距。

好幾個月後，妻應臺東縣文化局及詩人詹澈之邀，赴都蘭山參訪。兒子則被岳母接去新店。同事代我值已開辦的《幼獅文藝》寫作班，我從週末中午開始，一個人。兒子說氣話時，會跟妻說，我跟媽媽出去玩，把爸爸一個人關在家裡面。他不知道，我真希望他常把我關在家裡。我寫了一些稿子，租了幾部兒童不宜的恐怖片、戰爭片。很大聲地聽搖滾樂，換上「聯合公園」、「討伐體制」等熱門樂團。我很急亂多抽了菸。快速吃完飯。我把那天調快了，胡亂間，也把空氣吞進好幾口，它們梗在肚子、肺部、腦裡，一口氣竟不平順。我深呼吸，氣提到喉嚨，卻噴吐不出。這氣，也在睡夢間，似要掙脫而出，頂著睡眠，沒睡多久便又醒來。明明累，卻不能入睡。出去買吃的。桌上已收拾乾淨，兒子走前說，桌上的汽車不用收喔。奶粉罐還在老位置。奶瓶也是。

媽媽，你不帶我去金城嗎？

不能去。跟你說過了，不能去。我氣得拿石頭轟雞籠，籠裡的小雞嚇得亂叫，籠子外的大公雞、老母雞嘎嘎亂跑。我被媽媽打了一頓。

爸爸，汽車不用收喔。

爸爸，我不要，一個人，在夢裡。

妻走著，風吹，她的長髮、衣袖、圍巾一律往後拉。我卻看不見她走在哪一條路上，從哪個方向消失而去。我只能認識她的眼神，裡頭沒有我。沒有人認識我，沒有人知道我曾在北勢溪、南部橫貫公路。那次經過啞口隧道，意興一起，登關山，落日很美，我沒見過那麼美的風景，我跟我所站立的山一樣高，群山低伏，我能見著的山，也跟我一樣高。天暗，差些找不到路下山，沿著山的斜坡滑行而下。回到登山口時夜色早降，王宏民割傷虎口，林錫龍的鞋被利石劃出長長的開口。暗暗的一團路，我們走著。

走著呀，卻還看見關山制高點上的夕陽，標示牌寫著，三千一百四十七公尺。我曾在那麼高的山上，距離現在也快二十年。

妻跟兒子在週日回來時，我也病了。

愛情為詩，亦樂亦苦；
愛情為師，若即若離；
愛情為屍，不腐不壞。

半老

半年前，第一次見到那個女孩。當時就覺得眼熟，卻想不起來在哪裡見過。

女孩三十歲上下，嚴格說來，已不能算是「女孩」，但因為似曾相識，使我相信，我必定在她還是女孩時就已經認識。會如是揣測，是女孩給的「暗示」。我當時坐在六十二號公車上，懶洋洋聽隨身聽，望著窗外發呆。我無意中直視前方，發覺她在看我。她已看了我一會兒，眼神交會時，不好意思地扭過頭去。我巴望她可以再度回頭，她卻沒這麼做，她下公車時，我特地臨窗而探，她也刻意低頭走路，佯裝什麼事情都沒有發生。

女孩上車、下車，都在六十二公車路線上，但是，我只偶爾跟她同車。另一次，她上車時，看見公車末排有位置，便往後走，瞄到我坐在靠窗位置，硬是止住步伐，寧願站著，也沒往後移。

我覺得奇怪，一直在想，我認識她嗎？我似拿了塊磁鐵，慢慢劃過大學、高中、國中、大學補習班跟工作等歷程，希望吸附一些線索，有關女孩的記憶竟是定址在磁性無法吸附的部位，我越努力，越覺得喪氣，我懷疑，生命已醒覺我正漸漸老去這事，記憶恰如明鏡，它不說什麼，卻照映事實。

我何時老去呢？三十歲似是生命週期的制高點，一反折，就如巨石落谷，不能以身擋，也無法以事延，反倒是帶著身、帶著事，一起跌落，這時候，連回身凝望過往，竟也分身乏術。然而，時間在這股墜落中，還是起起伏伏的，甚至興起阻擋作用，像是春節、母親節、父親節，還有好幾個情人節等，都像是壓縮檔案乍然開啟，往事滾盪，浩浩綿綿。在記憶的大河床中，能夠撿拾玩味的，都還是三十歲以前的事，彷彿三十歲以後，生活再無建樹。

我會在春節時，想起童年的過年點滴，媽媽常說，除夕二十九夜，一暝點到光。供桌上兩支紅色大燭徹夜點燃，照耀著裹著紅色、白色糖粉的花生米跟冬瓜糖，陽間跟陰世都顯得喜氣洋洋。爺爺跟奶奶坐在廳堂，兒孫輩逐一拜年。爺爺給我的壓歲錢都做上記號，媽告訴我，阿公給我的紅包較多，千萬不能跟別人說。就業後，過年只在意假多、假少，那時早已遷居城市，點沖天炮、玩鴛鴦炮的日子已走得非常遠，也少跟爸爸、哥哥、弟弟圍起牌局。

我還能滿心虔望過年，是因為爸媽年事漸高，我常憂懼不知再能團圓圍爐幾年，儘管除夕夜千篇一律，卻也深知那樣的千篇一律也將刻骨銘心。有一次，搭公車經過龍門路，看見爸爸守在站牌下等車。他是爸爸，卻也像陌生人，他從金門海邊來到城市的馬路邊，從恪恪不息的水泥工人變成髮白目茫的老人，爸爸原也有他自己的人生。我愣愣地看著他，像看一幅風景。

情人節格外勾起往事，是因為我留存太多線索。新婚時，妻以整理家居為由，掏出我高中跟服役時的書信，藉口說，家裡小，你我都在寫作，得找出空間放書，手掌一推，我的三年、五年痕跡就此倒入垃圾桶。趁妻沒留意，我偷偷揀了些。也許，青春隨著婚姻的開始而結束，也因為結束，便有了墓誌銘，而這刻痕卻是隱性的，得像諜匪電影那樣，灑些藥水，才得以浮現。情人節，便是藥水，只是藥劑難以拿捏，經常拋灑過量，往事積水，常讓我溺得很深。

對於愁，我不善說，對於情，我不甚解，在這個特殊節日，時空為我停頓，我總想撥電話給五年、十年未曾傾訴的遠方，再把她們拉近的衝動。有幾次，還真的付諸實踐，對話二、三十秒，惆悵卻會二、三十天。她們跟我，都走在不同的人生道路，已經不能再讓過去阻礙，她們不知道，為何我還撥了電話？我能說，是因為「情」、是因為「愁」？我能說，我在完成一件當時未能完成的「圓滿」？

而，所謂的圓滿或不圓滿都已經成了一種姿態，她們決定留下當時我的姿態，記得美好的、忘記不愉快的，我已是她們的墓誌銘，說多了、做多了，反而會影響我在她們心裡的價值。我不同，常要再和些泥巴，把眉毛變長些，把微笑加深些，我常忘記，凡屬過去的，都是已經完成的美好，不容改變。

正是念舊癖性，常常是我記得的往事，她們反倒淡忘了。偶爾有機會提起，有些人還會驚呼我何以記得那些芝麻蒜皮小事？我沒記得公車上那個女孩，且耿耿於懷，一部分原因或在於對不起自己的特殊癖性。

為了應付急墜而下的年歲，我的法門是先把自己想老了，明明未到四十，卻說已入不惑之年，彷彿取得比時間早走幾年的優勢，再從容對應。

再一次遇見女孩，意外地，不在晨間上班，而在雷雨剛過的傍晚。前一天，兒子感冒，妻跟我請假看護，他高燒不退，拼命喊頭疼，醫師吩咐，如果不發燒也頭疼，極可能是腦膜炎，得抽骨髓檢驗。醫師說，那是「侵犯性」檢驗，逼不得已還是得做。我跟妻都慌了，遵從醫師囑咐觀察孩子的活動狀況。兒子沒有大恙，我決意下午復班。六月天，午後多雷雨，出門時陽光熾烈，下車時竟已烏雲密布。沒有清楚的風向，只見烏雲齊往東邊聚集，我站在西門町中華路、成都路口，抬頭，望見湛藍的天，高掛中興橋頭，黑靛的雲，堆疊新光三越，天空硬是被截成藍與黑兩個區域。我回家跟妻說，那時候的天空有股詭異力量，看久了，竟患頭暈。

我第二天沒去上班。為照顧兒子，我也病了，得休息，還有，我要在家裡看雷雨。那天，雷雨依舊來，灰濛濛霧靄雜散天邊，卻不如前一天戲劇性。我在家看湖人隊戰勝灰狼隊，取得西區冠軍，聽保羅威勒、「樂隊」、「討伐體制」等樂團，囫圇地度到傍晚，才搭車到爸爸家接小孩。女孩還在同樣的站牌上車，她沒料到我在車上，走到最後一排，坐下了，才發現我正看她。她吃了一驚，隨即轉頭，不再看我。

她大大的波浪捲挑染幾綹金黃，鼻子小巧，嘴唇薄，膚色白皙，模樣標緻，高約一米六，著米黃色上衣，藍色窄裙，搭米色鞋。女孩抽出面紙，拭眼角，輕輕擤鼻。女孩在哭，她是為我而哭嗎？我大膽看著她姣好的側面，白白軟軟的耳郭，隆起的胸脯，以及藍色窄裙下修長勻稱的腿。我試著從她的輪廓找尋識得她的線索。

從第一次見她，就覺熟識，我有非認識她不可的打算，卻找不到任何端由。也許，有一些祕密專屬我跟她，那些，必須以言談挑逗、必須在溫暖的凝視中找到更多的合謀，然而，從初見面開始，我即已宣佈我沒有定下任何契約，那些攸關記憶與青春的指印已歷多次洗滌而不復辨識，我只能隱約發覺，我的手掌恰似女孩的輪廓，我的手的弧度恰能輕撫她的頰、輕托她的腮。也許，她曾經為我仰起臉蛋，在捷運列車剛剛駛過的橋墩下，從慌轟轟的驚馳中，握住我的手，索取我的吻，並立誓永不遺忘。也許我們曾共撐黑色傘，都穿黑色外套，冷風冷雨，熱眸熱手，她依偎懷裡，像花盛開那般抬起頭來。也許她是沉默的，但她的眼神一直都說，不要——不要離開我。她在不知何夕的那一年，已為我流淚，而今，卻用淚水為那年未完成的故事收尾？是這樣嗎，坐在窗邊的女孩？

我找各種情節，說明她流淚——說明女孩為我流淚的原因。

我們像鬧彆扭的情人，各據窗口，誰也沒有打算忍讓。我用盡想像力，想知道誰辜負了誰，記憶卻不是想像力所能召喚的，女孩抽出第二張面紙，臉朝外，哭給過去的歲月看。

爸爸家到了，我不按自己這頭的下車燈，卻按女孩那邊的，藉機窺看她的表情，卻，什麼暗示都沒有。

雨過天青，月亮像出得早了。

他方

人至少有兩種憂傷，這兩種，都可以歸咎歷史。這兩種，不過就是現實跟想像，如此簡單的二分法，卻是歷史帶給所有人的艱難。我常想，是什麼樣的偶然，讓國軍在退守臺灣之際，趁機佔領金門、馬祖？小時候，我常會勾勒國軍沒有退據金門，我會過什麼樣的生活。我不再背誦《三民主義》，卻要熟讀《毛語錄》，不用躲防中共砲彈，卻可能會大剌剌掄起棍棒，搗毀島上所有的風獅爺。那個遙遠的、不明朗的偶然，如今仍站在一樣遙遠的未來，像無可動搖的終點，不想、也不能詮釋什麼。

難免要想，這會如何、那又如何？

九三年八月中旬，我有機會返回金門參加文藝營。營隊已是第二屆辦理，前一年，故意擇在八月二十三日舉辦。八二三砲戰正式把金門推為舉世皆知的戰地。我們沒再提戰爭的殺戮，然而，硝煙卻會依著文字、言說，說起就起。要通過煙霧四起的茫茫戰地依然困難，煙霧後頭，還藏躲著金門人何以得過戰場生活的疑惑；要通過的，豈止是煙是霧，還有那不可解的歷史，以及歷史之後所能窺探的另層深意。

而這突發的偶然卻會形成洋流，拍擊許多人的命運，金門人遠入南洋，遷居臺灣，島嶼人氣漸乏，島嶼半空飄浮。歷史的偶然當可不斷追蹤，跟上一步又一步，但我覺得，追溯需要勇氣與格局，追到底，或將追到原始生活、追到物種起源，當一切差異性泯滅時，卻又會凸顯現今差異性的荒謬了。於是，我們會不約而同地選擇一個停泊點，當作生命的最初。我跟許多人一樣，都選擇生我、育我的故鄉。

我常窺探的他方在張愛玲的〈紅玫瑰與白玫瑰〉已有說明。張生動地用蚊子血跟明月光，飯黏子跟硃砂痣，來傳遞人只能有一種軌跡的真實、美好跟遺憾。《愛因斯坦的夢》是一本討論時間偶然、突發等情境的小說集錦，它觸發無常這個命題，但無意為此解答，它述說時間無可商量的魔力，正因為人生只有一次，一種軌跡，他者才擁有煥發生命力，如果不是這種遺憾，藝術、文學可能要喪失最有力的依託。

窺探無助事實，我卻常悄悄歸納自己生命的重要轉折，比如說遷居臺灣、提前入伍、考大學、到綜藝節目上班、任職佛教機構、轉進藝文雜誌。仔細推論，「我」正是所有偶然的總和，但是，這些看似自然的軌跡，又有哪一個真正合乎客觀、真正遵守自力判斷的原則呢？

人生是常被勾勒的他方，我也常做眺觀。曾想，如果早生十年，我會是臺灣經濟起飛的推手之一，房地產尚未飆漲，股市還沒有跳上萬點，我是低點買入，還是高點套牢？如果晚生十年，正逢網路工具化，我在藝文界的崛起終將擺脫文學獎的壟斷，或能匯入網路巨流，且茁興、且享受價值消費化的好處、難處。

愛情，更值得勾勒。我或將認識一形貌白皙的女孩，且稱她「細明體女孩」。我跟她在記者會認識，她就讀國貿系，剛剛畢業，還沒適應西裝跟套裝穿著文化，穿著大四畢業前，到處應徵穿的洋裝，以及學生慣穿的牛仔褲。不管穿裙或褲，她都能一展修長。她的肩胛是超過了女孩纖細的標準，卻明顯地有股明朗；有雀斑，在眼瞼下方，像星斗排列，我要好奇，何時是雀斑如星雲乍生的初刻？誰會發現，她右邊側臉低垂四十五度角，卻會照出光來。我的眼睜不開，卻還盯著看，像舉目望日，越看越炫，終於有了一點頭暈，才訥訥問自己，這到底是真實還是想像？

如果這是真實，那麼，我將以何種真實面對她的真實？若是想像，那麼，如此深刻的想像畢竟已形成意象的彼岸，我游了過去，但，游得回來嗎？我也想、落入歷史深淵地想，如果我能變造時間加諸我身上的改變，如果我不生在金門、不到綜藝公司上班，或能推翻現在；如果我多年前不到佛教機構上班，也沒了因緣到藝文雜誌社，現實更要改寫，一切都會不一樣。這代表，我也將跟眼前穿牛仔褲參加立委新書記者會的「細明體女孩」緣慳一面，我還有機會看她的側面、低首，並欣賞她細說落枕痠疼、用電梯夾表弟的惡作劇，以及緊張而起的肚疼、爬十一層樓補托福的喘息？

我這樣想時，無疑會看到：人是時間主題裡，弱智且無能為力的演員，儘管不想主演，依然在臨將上場時，倏地粉墨而出，說該說的話，做該有的動作。當下的時空，隱然客觀了，它成了最主要的觀眾，沉默，不論好壞，都不予置評。而沉默卻是最奪命的聲音，演員在臺上，睜著另一隻眼睛打量還有退場重來的機會嗎？還能化另一副妝，說另一種臺詞嗎？

美國歷史學學者貝克說，「每個人是自己的歷史學家」，潛藏我們內心的，除了妥善打理的現實歷史，卻還覬覦另一種時間流痕，如此劃分，現實的即是真實，覬覦的便是虛構，我們究竟願意用真實還是虛構，去寫下自己的歷史？哪一種記法寫下的歷史，才真正符合內心的最大渴望？

有一次家族旅遊，媽媽在臺南一間狹小的旅館敘述她的年輕遭遇。一士官長愛慕年輕媽媽，求愛不成，放槍，子彈穿過媽媽下腹，媽當場昏死，醒來已在醫院。媽向來封閉了關於金門島嶼加諸在她身上的傷害跟流言，一開說，竟是血流歷史。媽不說，維持了我對金門島嶼的純粹想像，媽一說，故鄉恰多了破洞。我知道，慢慢得把過於浮面的、流於惆悵的記憶，謹慎地抽離出來，像骨折患者取出支撐身軀的鋼材；然而，這抽取手術畢竟依附著肉體跟心靈，如何從心裡抽出一段鋼材，然後說，我不要它了？媽的左眼、嘴唇、大腿，都還留著雷光火石的剎那，儘管心靈願意淡忘，肉體卻仍聯繫著當年的一場敘述，且不斷以微微的痛楚，刺激著、還原著。記憶之於肉體跟心靈，都有一樣的重量。

媽媽是說清楚了嗎？還是，這隱藏太久的事實竟像另一種歷史，隔得遠、看得朦朧，我只能站在不容改變的這個時間點上，想像我不在這世界，到底會損失什麼？然後，從媽媽倒下那一刻起，時間產生另一種流法。我若含願而生，也會是另一個姓氏，屆時，我未必生於金門，極可能生在竹東，且比真正的年齡少了十歲。也許正與「細明體女孩」

隔個村落，我於是有機會看她在國小五年級朗讀英文的模樣，還沒長得俐落可人之前的清湯掛麵髮型，我不再悄悄看她，而是直視，直到我的愛意激怒她，或者被她憐惜。

人站在時間後頭杜撰，也像是一種後設演練，人生究竟不同故事搬演，一言一行，盡可拆解、還原，且以另一副形貌現世。

我的疑惑並不會比前人多或較後人少，關於這兩種憂傷，瘋狂的科學家跟傑出的文學家早已敘述多時，這只是一個庸問加入時間巨流中，也知道它會淹沒而去。

是時間，讓我們不同前人或後人。這是你、我活躍的現在，因為它的無法取代，我們就可以活得霸氣。因此，若能見著「細明體女孩」，我或會說，「借妳一口氣用用」。她狐疑不語，我接著說，「借妳的一口氣，杜撰另一個故事」。她肯或不肯，都無礙她在那裡、我在這裡這個事實，我會說，真能杜撰一個故事來，卻也是歷史的偶然啊！

若說，人至少有兩種憂傷，便也說，人至少有兩種真實。

外套

如果愛情也是一種敘事，卡爾維諾會怎麼說呢？

在《給下一輪太平盛世的備忘錄》中，卡爾維諾說到「輕」與「重」的對立。他說，他的作品大多傾向削減「重量」。「我有時從人物身上、有時從天體、有時從城市，一一排除重量；尤其重要的是，我也盡力化除故事結構以及語言中的沉重感」。

這段話，標示了卡爾維諾與宇宙的對話，以及作家的終極關懷。然後他提到作家與所處時代的關係，「當年我開始寫作時，每個年輕作家奉為圭臬的使命，就是描寫他所處的時代——我嘗試盡力在內在韻律與世界景觀之間，尋求某種和諧。但我很快便察覺：我視為寫作素材的生命真相，以及我的作品所渴欲達到的輕快筆觸兩者之間，存在著一道鴻溝，我必須努力，才得以跨越。或許，就在那時我才逐漸意識到世界的沉重、遲滯、晦暗——那些特質一開始便黏在寫作上，除非我找出辦法閃避。」這是卡爾維諾的決定理論，然後，卡爾維諾決定不再被決定。

愛情不是賣弄，在此抄列選文，若說這是賣弄，技巧也著實惡劣了。只是，有次翻找資料，恰在《給下一輪太平盛世的備忘錄》書裡，找到夾著多時的卡片。多年來，卡片的字跟上述文字，面面相覷，不知它們凝視之餘，是否也閱讀彼此？卡片上，註記「禮輕情意重」字樣，寫有「輕」跟「重」。這些巧合，讓我涉入回憶，那個「輕」與「重」的對立世界。

若說，愛情何嘗不是一種敘事，不如問，除去敘事，愛情還剩下什麼？

這世界，被敘事，組織為一個體系、一種秩序、一種層級秩序，萬物各安其位，敘事是在運動之中，是訊息的向量。我在此刻，閉目回溯，就發現事件依據日、週、月、年，逐序發生，而今卻錯亂無蹤。我手持卡片，喃喃讀著「喜歡一個人，在錯誤的時間，想要合理化，卻往往把自己困住了，比未來還讓人手足無措。」我像在砂堆裡，潛入一塊磁鐵，徐徐移劃，遠去的、以為不在的，都慢慢靠攏。

靠攏，以這張卡片為中心。

那天是平安夜，一女孩，我喜歡的女孩，在中山大學文管走廊等我。她說，有禮物給我。如今檢視，是發覺當時的我太決定論了，預設一種愛情的結果，且以為，只能有一種結果。如同卡爾維諾想在「我嘗試盡力在內在韻律與世界景觀之間，尋求某種和諧」一樣，然而，卡爾維諾知道達致和諧的方法，我卻無力化解，我遺忘了歷程的重要，被結果囚禁。

卡爾維諾說，讓文學發揮存在式的功能，讓追求輕盈的歷程成為對生命之沉重的對抗。這句話，讓這張卡片，承載過去，飛行而來。

我跟女孩選修某科目而認識。她平肩，似模特兒；她貌美，卻忘了自己是美的；她果敢，權充攝影社模特兒。我騎車，經過海洋學院濱海長堤，正見她穿著白禮服，為幾名攝影師詮釋「愛」。

女孩喬裝中了邱比特的箭，捧胸，面露痛苦。愛情飄走了，愛情是那顆氣球，她伸出手，攔、抓、追。她光著腳，那雙足踝潔白的腳在砂堆上跳躍。長長的白紗裙緊緊包裹她的胸，窄窄的腰身娉娉的氣息。她跳上臺階，手平舉，眺望夕陽。她斜坐沙灘，玫瑰三朵，更顯她唇嬌齒白。風吹髮飄，裙也搖，她是連呼一口氣，都讓我喘息了。

浪濤中，有一些浪正在起伏，它們先是遠遠的、埋伏著，讓人不知道它們的存在，忽地扶搖而起，破出海平面。我們都看見那些浪了，且懷疑，那些浪掀得如此巨高，是因為潛伏太久。我們坐在長廊，找了個僻靜的柱子坐下。我們隔了距離，慢慢越坐越近。我後來伸展雙腿，讓她把腿跨上，我摟她，呼息沉重。她跟我說，那次攝影的「愛」的主題，包括期待、痛苦、甜蜜跟毀滅或建設等。不待她說完，我無法抑制地抱住她。

這是一張卡片為我們帶來的夜晚。那些文字，當它們被寫在卡片上前，是經過一遍一遍的敘述跟琢磨的。是一個少女，在窗前，瞧著夜景聽著海瀾，並對永恆有所期待，並對我有所託付。她交給我時，臉上才有抑止不住的嬌羞跟竊悅。她特地拿立可拍相機，手伸遠說，注意了，拍囉。我忍住喜悅，怕笑容，說出她跟我的心事。

我們逛街、吃飯，玩扭蛋，她愛極了麵包超人玩偶。她愛噘嘴，嘴唇幾乎頂到鼻頭。有一次外出，遇雨，我舉高外套，罩護她。我在黑暗中摸索她的臉、她的唇。我們說話。她懼怕死亡後不可測的昏暗。她害怕老。她說，我能在你世界裡永遠年輕嗎？我左手舉高外套，右手捧著她美麗的臉，激動地說，這是妳對我的慈悲。

我們罩著外套，原為了擋雨，最後卻成習慣。我把她從準備研究所的繁重課業中，拉出來，藏進外套。她在暗房，跟攝影師沖洗照片，我敲門找她離開，讓她坐在我旁邊，再用外套蒙著，進入我們的暗房。我讓她遺忘臺北有男友，舉高她右手，套進外套。我是溫文有禮的侍者，抖整外套，請她試穿，讚美地說，這件外套再合身不過了。我讓她，穿著我的外套。我把她舉得高高，不願意放下。我不承認她為了叛逆，偷藏情書；不願意看見，她在他人的擁抱裡，嬌羞不語。我不承認她有嘴可以敘述，有腿可以製作情節，有手能夠捏塑記憶，我不承認，她的過去，竟是一件更重的外套。因為無力負擔、也無力削減，我只願意承認，我是她唯一的外套。我要、且只能由我，罩護她。

我把愛，都形體化，用來裝飾外套。我賦予語言、事物，重量跟稠密度，我以為自由是一種輕盈，會飄走的，像她表演「愛」的主題時，那顆氣球。如果愛情是一種敘事，我無能化解故事結構、以及語言的沉重感，我讓我的愛情語言，像神的述說。而神話的啟示，並不在於外加的詮釋，而存在於文字敘述之中，我是犯了過度詮釋的病症，我是忘了，愛情也是一種敘事，而且，只能是一種敘事。

卡爾維諾說，「每當人性看來注定淪於沉重，我便覺得自己應該跟柏修斯一樣，飛入一個不同的空間……採取不一樣的角度，以不同的邏輯，新穎的認知和鑑定方法來看待世界」。然而，我還是拒絕承認，她因了那些過去，才造就我今天眼中的她。

一個女孩，我的鍾愛。

那張卡片，失去飛行能量了，我的外套，越來越重。

我們所選擇並珍視的生命中的每一樣輕盈事物，不久就會顯出它真實的重量，連一張卡片，也是。所以她早預言了，「喜歡一個人，在錯誤的時間，想要合理化，卻往往把自己困住了，比未來還讓人手足無措」。她知道將被困住，她知道當下跟未來的輕重，她決定該飛翔或收翅，那一刻，她朝我飛來，卻沒料到，我讓翅膀穿上外套。

如果愛情也是一種敘事，卡爾維諾會怎麼說呢？

如果愛情是一件外套，卡爾維諾會怎麼穿呢？

現在看來，那張卡片，早穿上卡爾維諾對「輕」跟「重」的敘述了，歐維德說，知識的功能就是消融世界的堅實感。我是把愛情當做重量，卻忘了質量，忘了質量，讓愛飛行。

我想，卡爾維諾不會讓愛情穿上外套，他大約會說，外套一穿，愛情就有了形態，愛情的原貌，反倒看不清楚了。他說，「將自己揚舉於世界重心之上，顯示出自己雖有重量，但卻擁有掌握輕盈的奧祕」。

這是我們，瞭解翅膀得以飛行的原因，它拍動，它負重，它卻也能飛。
我想起，我最初揚起的外套，原是為她擋雨。
那時，我左手指天，右手指地，一如佛陀。

藥袋

李欣倫寫了一本有趣的論文：《戰後臺灣疾病書寫研究》，裡頭提到，作家藉由敘寫疾病，開展其想像視野，或發抒內心感受，或進行批判省思，小至微物私己，大至國族社群。

我讀到這段文字，想到一對祕密情侶，在公司，眉來眼去。既是祕密，便該有隱密作為，他們在公司擦身而過，眼神不交會，我也總以為，他、我、她，只是同事。直到有人悄聲跟我說了，對女孩飄掠過來的眼神才豁然開悟。原來，她不是看我來著，而看著隔坐的同事。從此，我便以祕密觀察，對抗他們的祕密交往。

李欣倫說，藉由分析文本中疾病的象徵、指涉，對臺灣文學史的主題拓展、議題深化及母題延擴，或也提供了多維面的詮釋與思考。然而，我卻藉著觀察情侶，看到愛情的其他面貌。

我注意到，藥袋，是他們的信物。藥袋，不透明，上頭印了診所名稱、地址跟電話等，沒有人會去懷疑，藥袋另有所指。時間不定，許是上午、下班前，或眾人忙得無法開交的午後，男孩拎著一只藥袋，上頭覆蓋公文，佯裝輕巧，把公文跟藥袋擱在女孩桌上。我訝異，在此之前，居然沒發現那只紅色字體的藥袋在辦公室裡，是如此醒目。一旦發現，它就像雷達上唯一移動的顯影。我好奇，藥袋裡擺的會是什麼？是禮物？糖果、卡片？而藥袋的內容物，居然有吞服的時效性，必得在上班時，交遞完畢，是無法熬到下班後，再做交達的。李欣倫說，「寄宿、帶原於人體的最可怕病毒莫過於無法溝通的寂寥與過度詮釋的荒謬」，同事是患了無法溝通的寂寥，也犯了過度詮釋的荒謬嗎？

我好奇的是，透過藥袋這一媒介，當他們日後回憶這一段經歷，會發現藥袋已被賦予深刻意義？只我不知，藥袋成為信物，是無意為之，還是有意？

紅色藥袋遞來遞去，除了容物讓我好奇，我也想到愛情跟藥物的關係。誰說愛情，不是一種藥呢？情人無意間的一個輕忽眼神，很容易轉化為情侶心中的絕症，當她說，我們就維持著少少的關係吧；淡淡的，就很好。他被推落懸崖，不斷墜下、墜下，卻在落地之前，維持著她熟悉的笑容，這不正是，一種絕症？當她說，我消失了喔，別找我。

他知道，她去了他到不了的地方，他被排拒在時空門外，只能悠游、漂浮，好像被驅逐外太空，浩大宇宙，舉目都是繁星，他卻只能凝視宇宙黑洞。她說，喜歡你在錯誤的時空，他頓時滿身大汗，拼命想，何是錯誤、何為正確？她說，病了，咳嗽，他急問病情，想代她病著了。

多數人，都不難想像上述諸例，或還親身經歷。

我們或可想像，何以慣用「落入」或"Fall"這個字眼，形容愛情？這個字，把愛具體化，戀愛有深度，且深不可測。落入戀愛，如同落入井，它該像電影《七夜怪談》的井，無處攀登，井底的人，只能日日夜夜望著一小片天空，看著他的全部。有時飛鳥飛掠，影子投映，井底人驚起狂喜，等到愛人出現，井底人馬上變作蜘蛛人，哪裡都能爬。不是人人都有機會攀出，他只能期待；期待莫要站在水中，卻枯渴而死。

如果，我們發揮想像力，想像世界是一大片挖鑿了各式的井的平坦草原，我們走進去，看見有些井被填平，且豎上墓碑，而更多的，會是無名塚。有人徘徊井邊，有人躑躅井底。面對這些井，我們該大嘆、還是大笑？

有一次到茶水間倒水，一旁的廢紙簍堆裡，一小塊紅色塑膠袋，露出紙叢。我心想，不會這麼大意吧。我抽出，正是他們慣用的藥袋。我塞進口袋，走進廁所。我是一個小心翼翼的偷窺狂，儘管廁所無人，一顆心還是蹦蹦跳。我拆開袋子洞口，像拆解兩個人的祕密。裡頭真有紙條，還寫了字。字體娟秀，該是女孩寫的：「藥袋裡的牛軋糖裡頭，有一顆似曾相識，但我看了也沒多想。今天吃著吃著，每摸到那顆似曾相識的，我都略過換別個，因為它除了跟其他顆包裝的特別不一樣外，摸起來還有點軟軟的。當糖果越來越少，藥袋的味道就越顯凸出，有種怪味，我本來還以為是藥味，因為它是藥袋啊。」似曾相識的那顆，原是女孩送給男孩，他沒吃，無意中又送回來，但隔了一段時間，發霉了。

我猜是，女孩寫紙條跟男孩抱怨，閃神，扔進廢紙簍。

我拿紙條，不知如何是好。好，裝回去，再扔進廢紙簍。我走到茶水間，卻看見女孩蹲在地上，噘嘴，似納悶藥袋掉去何處？我喬裝無事走過，這張紙條是交不回去了。我手上握有藥袋跟紙條，裡頭的話很妙，「當糖果越來越少，藥袋的味道就越顯凸出，有種怪味，我本來還以為是藥味，因為它是藥袋啊。」

李欣倫表示，疾病書寫具有醫療的向度，當讀者穿過作者的疾病書寫之林，似也期待醫療之風吹拂……以文學方式處理的疾病題材，可以成為健康人的學習材料。這麼說，他們故意把糖果放進藥袋嗎？科奇布斯基說，「地圖不是地方本身」，這句話劃出地圖的限制，以及人，該如何思索進一步繪製我們自己的地圖。也就是說，愛情不是那些糖果，而是糖果裝進藥袋，讓愛情更添內涵，這也說明愛情就是一種病症，紙條就是敘述。我懷疑，這不是唯一的紙條，而是藥袋跟敘述的交換形式。男孩送藥袋，女孩寫紙條，或者女孩送藥袋，男孩寫。

藥袋跟敘述，劃上等號。藥袋是形式，容物是材料，敘述是模式，主題是愛情。當我以這層認識，來觀察同事的藥袋交遞，不由得認為，他們是把人生當小說寫了，而我掌握的藥袋跟紙條，卻是愛情巨大的信物。

信物作祟，回家後，我翻出一些扔置角落的信件。「搞不清楚是好還是不好、對還是不對，好像你不是你，有兩個你，或更多」、「我要學會無畏精神，要勇敢。謝謝你的鼓勵」、「天冷，電視不好看，不想讀書，有點……念你」、「我不會失蹤，因為說好要當長路上的朋友」、「最常想起你難過的眼神，其次是味道」。

我打開信箋，撬開時空，咀嚼。我一直罹患病症哪，當時，卻不知自己病了，病得誠懇，病得無藥可救。我一直依賴這些藥。這些，她開的藥方。

我腦海，鮮活地出現情人以彼此為藥引的畫面。他們舔噬彼此，吞食著，用力無比。我想起信件被扔置角落的原因。我後來被吞噬了，接受她說，知道嗎，折磨也是愛情的成分，尤其是你的糾結、你的痛苦？

不知道情況是怎麼發生的，我從藥引，退為食材，再也裝不進那口藥袋裡。而一口食物，無論灑上維他命粉、澆上抗生素醬、或淋上高鈣鹽，注射多少高湯，食物，仍只是一口食物，不會變成藥，它有助腸胃，卻無助靈魂。

我原也是，漠漠草原上，一口無名塚。藥袋，還是在辦公室裡，傳來遞去。我佯裝無事。看著愛情，以巨大的敘事姿態經過時，閒雜人等，只能退到遠處。譬如一位客觀的讀者，絕不打擾，正振筆疾書的作者。

夸父

你知道"WEEN"嗎？朋友問我。

我點頭。"WEEN"，中譯「思慾」，融合鄉村、搖滾、噪音跟藍調等多種音樂風格，是美國的另類樂團。他擱下咖啡杯，支肘，下巴枕著手背，轉頭說，他有一個故事，要說給我聽。我們偶爾交換搖滾心得，我以為，這個故事，也該有關搖滾。

他說，最近只聽"WEEN"九七年專輯《The Mollusk》的第七首歌，〈It's Gonna Be Alright〉。一天下午，他出差臺中，恰在車上聽「思慾」。他聽著，他想著。想著，一名女子跟他的關係。女子，外文所畢業，任職語言補習班，他走進補習班櫃檯，一抬頭，女子正從茶水間走出來。那個開始，只是一瞥。

朋友的倒敘，攸關記憶。班傑明說，記憶是用以協調現代社會處於回憶控制下的普遍破碎，倒敘，給了時間一條軸線。他們在線的右邊吃晚餐，在左邊過馬路。他拿筷子給她，趁勢觸碰她的手；他藉機搭她肩膀，看見有車來時。時間軸線左左右右、前前後後，佈滿無關緊要的談話，比如一條狗在女子七歲那年死了，一肥胖的男孩在女子十二歲時給她情書，二十歲那年在大霸尖山遇雪，一篇報導刊登在某雜誌上時，是她徬徨的二十二。他聽、他笑，他也說，自己向來怕狗的，卻沒有肥胖的女孩給他曖昧眼神，他去過新竹的蝙蝠洞，不知道蝙蝠是否不再飛行，那景觀，已從導覽手冊中消失。

朋友說，女子低頭垂眉時，眼睛不大、睫毛太短，都被遮掩，高聳的鼻樑跟下頷，產生收束的力量，提起整個人，散發神采。趁她沒留意，他盯著她看，發現他，能在霧茫茫的時空中找到位置，發現他能在裡頭，並說，他會在裡頭。

一座大魚缸跟裡頭的魚，看見他們的初吻。女子喜孜孜地，數說她家養過的魚，說得高興，頭左轉，跟他說。他的嘴，已悄悄等著，女子一轉，恰恰貼合。僅僅半秒或十分之一秒，雖然短暫，卻已開始。依媚兒、簡訊、MSN等，他們的談話、也是無關緊要的談話，構成了日與夜。

朋友天天盯著時間軸線，因為，那條線已經在往前走了。

出差那天，朋友想著跟女子。難道她，是愛情的另一種詮釋？一種不佔有的、無關慾望，與默默祝福？他們獨處時，喧囂的、與形形色色的脈絡都擋在門外，他們擁抱、親吻。吻，吻，他不斷求索更多的吻，以為這輩子所能付出的吻都該在今天耗盡。卻沒有，吻、吻，不停地吻。

他在車上想著細節。這時候，正巧播到〈It's Gonna Be Alright〉：我的靈魂在述說，我會愛你，絕不傷害你。我能度過寂寞的夜晚，是相信，終將看見愛的光芒。朋友熱淚盈眶。他跟自己說，會等待女子準備好，也許等待、以及等待，是愛情的另一種形式，一種神聖的交付。

她融進這首歌。以班傑明的話說，那是一種自由聯想，一種安頓。所以，朋友不斷聆聽，要為了不停溫習她的滋味、她的顏色？

他說，不是。不斷地聽，是為了遺忘。女子稍後跟他說，且讓我們維持現況。不、不，退後一步，更好。為了後退一步，他不停地聽那首歌，他必須讓這首歌失去色彩跟香味，抽離它，讓它成為純粹的音符彈奏跟製作，讓它成為現代社會一段錯落的插曲。我想，這一來，他不也無家可歸了？

他不停地聽。早上聽、晚上聽，午睡也聽，要不斷接近毀滅，以迎接另一種建設。

建設那必須的後退，那一步。遺忘跟記憶，是人生的兩面，若說，回憶是一種把事件的碎片或蹤跡在意識中拼合起來的能力，遺忘也該有一些時間感，該是鬆散、無力且無心，該要渾渾噩噩。我不禁想，他恨她，還是愛她；或者，他是更愛她了？他追逐遺忘，不啻夸父追日？

覺得朋友語意未逮，卻不好細細追究。直到我也拿出專輯，聽、再聽，才發覺，事件不僅錯落在時間軸線的前前後後、左左右右，線上還有另一個空間，是那些埋佈在裡裡外外的「洞」。朋友的時光倒敘中，藏隱著我不知道的事。它們是在一些洞裡面。洞內，有蝙蝠、蝴蝶還是另外一條線，另一條屬於女子跟他者的時間軸線？他們在我朋友的線上，只能是一截線頭，一扇門，一個包容廣大的洞。朋友立於洞前，他的所說跟所聽，都該是他對洞的冥思，他跑開去了，以為離遠那個洞，常常一回頭，發覺它們跟在身後。

那些洞，如今也在對我呼喚。大學時有假，我常訪政大。一個女孩在她的宿舍，碧綠色瓷磚，歪斜的長方形空間，都讓人好奇，當這個房間還不是房間時，該是廚房還是浴室？當房裡的人離去之後，我再立於門前，會是另一個洞嗎？門一開，是她的衣櫃跟電腦桌，還有一張單人床。床下鋪著塑膠毯。我們有時跪坐毯子上、有時坐在床沿，只消看一眼，就知道多麼思念彼此。我吻她，她投入我懷裡。我的口水蘸濕她的唇，她拉起我衣襟，擦乾。「思慾」唱著，「我知道我的靈魂在述說，我會愛你，絕不會傷害你」。然而，一個不能失去的人，如今卻只能在記憶裡尋尋覓覓，我是傷了她，也傷了我？「我能度過寂寞夜晚，是因為相信，終將看見愛的光芒」。那光呢？去哪兒了？有一次口角，她立在電腦桌前，肩膀僵硬，脖子不自然顫動，我說我走了，不用送。她點頭。我套上鞋、綁好鞋帶，預備離去，卻各自踏前一步，用力擁抱。她吃壞肚子，我安撫她的疼痛，我說，往上十公分、往下十公分，都是疆界，也是限界了。

她，笑了笑。我，笑了笑。

記憶的持久性，在於處理回憶控制下的普遍破碎，還是說，是為了因應埋伏在生命底下，一個又一個坑洞？讓自己從一些坑洞裡爬出來。爬出來、站起來，拍一拍衣襬，勇敢地注視，看清楚那些散落的記憶跟隱藏的坑洞？

我追進去，我亦是夸父嗎，追逐著記憶？

看到河流。高山的河流，夸父追逐落日越過的河流，河流把河床沖激得更廣、更深，衝過攔路的巨石，也不畏懼漩渦，轉過山腰，直下山腳，轉過斷木跟枯水期，奔騰入海。

沒料到一首歌曲，竟承載了兩個人、四個人。

我在洞裡擁抱女孩。一切都沒有改變。碧綠色的牆磚著實礙眼，她蒼白的臉映在前面，不協調的碧綠，終爾衍成綠草茵茵。垃圾堆積、書凌亂、牆上掛了一張一張的畫跟照片。一件黑色長大衣，守護似的，鎮在牆上。一些課表、塗鴉，以及鼓勵自己衝刺的標語裝飾了少女的生活。窗外是噪雜的，卡車、貨車、公車，不時衝過，真正是一條時光之路。粉紅色被單跟枕頭，綴著藍色花朵的圖案，每每使我幻想，跟她一起蒙著粉紅色的天、枕著粉紅色的地。她在電腦桌翹腿而坐、她在收拾書本，她摸索書籍而手粗糙，她彎身整理書籍腰身婀娜，她叉腰說，嘿，別坐在床沿，弄亂被褥了。我看得發傻。唇粉紅，手溫熱，房狹隘，然而，卻找不到那麼寬敞、宜人、輕鬆的狹隘，找不到溫溫的粉跟熱熱的紅。

我也悄悄倒敘，追著一段再也追不回來的過去。班傑明說，意識已經越來越不重用了，自覺的回憶，不能把現代社會中孤獨的個體與他的經驗世界聯繫起來。而今，是在意識的薄化、霧化、音符化以後，我才清清楚楚地看見，那是我跟女孩，唯一的一個洞。

洞裡，有什麼呢；洞裡，沒有什麼呢？

時間軸線，已經在往前走了。裡裡外外，左左右右、前前後後，都張掛了一些無關緊要的談話跟片片碎碎的情節。那一些間間斷斷的、無關緊要的，而今卻結構扎實，編索成一個宏偉的敘述，一開口，便為時間敘事。

你知道"WEEN"嗎？朋友問我。我說知道。

他說，他正在做一個實驗，這實驗，攸關遺忘。我說，這是我聽過的，最殘酷的實驗了。入夜，星微亮，月稀微，夜已無所謂東邊、或者西方。他笑了笑，頭戴耳機，離去。我卻沒料到這實驗，也與記憶有關。

告別，我們背離而去，卻都朝著，一個去向。

笑話

轟隆隆的不是雷，是雨。我從計程車外望出去，中壢市，似在霧玻璃後沐浴。我跟同行的朋友說，中壢曾經記錄我的雙十年華，只不知供我寫下記憶的街道、建築是否還在。胴體在霧鏡之後，失卻形體，徒留姿態惹人遐思。我睜眼辨識經過的路，卻沒有一條能夠聯繫過去，記憶竟成雨一場，我說，還有「天長地久」餐飲店、還有「愛樂」MTV嗎？她說，都沒了，連遠東百貨都沒了。

我們常說時空、時空，殊不知時間真得排在空間前頭，殊不知沒了這排序，空間也會不見。果真不見了。我不抱希望地說，三商百貨還在嗎？她一聽，神色一喜，三商百貨豈止在，而且正在她家對面。

雨大，車子彷彿不是開著的，而是滑過一些燈光，再進入另一些燈光，幸好，百貨的燈光不乏妝點作用，車子滑進彎道不久，便看見紅的、黃的閃亮牆飾。她家真在百貨公司對面，十幾年前的週末，當我佇立百貨門前，等待穿白長裙、繫粉紅頭巾的女孩時，也許她正從補習班揹書包、拿算盤經過我面前。我不會多瞧八、九歲的女孩，儘管十幾年後，她已亭亭玉立，反而左顧右盼，深怕錯過她的來到。

她來了，而且一來，就逗留著沒走。她有漂亮小腿，揉在手中，純白無暇。這腿居然美到骨子裡去，她曾患骨折，拍了X光，醫師讚稱，沒見過如此勻稱的腿骨，使我在揉捏之際，不時想到那張漆黑反白的照片，是如何地把腿骨變成一幀圖像。她酒窩深，眼睛大，雙眼皮濃，我有些搞不清楚何以這張臉願意為我出現，還穿上電話中約定好的白長裙。

留在二十歲的事物，就像船隻擱淺，只能隨浪或浮或沉，卻再也回歸不了大海。我後來曾當著也是二十歲上下的女孩，就這段往事仔仔細細地考起古來。她腿也美，有酒窩，單眼皮，膚色一樣白皙，本來只是尋常訪談，不意變成舊事深聊，那一刻，嘴巴就有了思維，腦裡拼命說該停了該停了，敘述卻越詳細，而那場大雨竟也成為敘述的開端。

女孩的眼神說，然後呢？在她的注視下，我的人生宛如故事一齣，我說，我甚至沒記得她的生日，不知道她多我、或少我幾歲，她對我的意義無關生日，憑空降臨，是長篇小說裡的一個短篇，對人生來說並不足夠，對我來說卻豐富無比。我後來曾推敲述說這段戀情的緣由，或在證明我也曾年輕哪，而女孩輕露的懷疑、調侃，以及大笑時的光滑肌膚，都刺激我要把故事說得又長又動人，卻不知這樣的心態跟老人家「想當年」的口吻也沒了差別。

民國七十幾年盛行MTV，盡播些新浪潮的電子音樂，像是女孩沒聽過的「杜蘭杜蘭」、「喬治男孩」，俗而濫情的「摩登語錄」，蹺一些的MTV中心還會播「警察合唱團」、「人類聯盟」等團歌曲。我們常去鄰近國光號候車站的大樓觀賞。她說，她剛學會讀心術，不管我心裡藏了什麼數字，她數一數就知道。我閉眼，認真挑了個數字，我偷偷開眼，見她數得認真，不再懷疑，眼睛閉得緊緊的，等她喊停。也不知螢幕換了幾支曲子，遲遲不見她說話，我按捺不住，眼睛一睜，見她笑得合不攏嘴，幾乎要從椅子上跌了下去。

我被捉弄了，卻還不是最嚴重的一次。放假時我們常去看電影，她從黃色長壽菸盒倒出一根菸，請我抽。雙十年華抗議了，吼地說，戲院能抽菸嗎？我笑說，那是一個有髮禁、電影播放前得唱國歌、看電影時卻可以抽菸吐痰的年代，我們可是走了很辛苦的路，才從蟑螂橫行的戲院走到聲色震撼的華納威秀。我不記得看了什麼電影，菸沒抽幾口，嘴巴就呵呵垂下，連呼吸都覺得喜感，不住傻笑。我的笑聲驚動了那部電影了嗎，她才攙扶著我走出戲院？

真厲害的菸，女孩說。

我懷疑那根本不是菸，是大麻。是她費了心思，不知從哪裡集來，特意放進長壽菸盒。我嘴角翹起，眼角帶笑，敘述中的女孩彷彿就在左近看我，且微笑著哪，讓我驕傲地立起頸項，讓我足以對抗女孩的雙十年華。於是，那雨中的中壢，那逝去卻沒離去的場景、話語，就混得糊弄弄的，我順敘、插敘、倒敘，沒料到在這胡亂的述說中，女孩的面貌逐次清晰。

我如何不面對她，唇對唇，把吸進的煙呼進她嘴裡，等待她深吸一口，再含住她的唇她的煙，接住她回吐的煙？那一口煙，就在呼、吸之間慢慢消弭。難道說，消弭，會是人生唯一的真相？所以，我多年後再撥電話，那一組號碼已喪失意義，再也組合不出一句熟悉的問候。

雨大，她站立的身影也朦朧朧的，卻一張臉還清晰地掛在三商百貨前頭，我說，就在那裡啊，就在妳家的斜對面，我們必定手牽手，逛過妳家的文具行，妳只能目送著我們離去，或許曾經在妳的視線裡，悄然地留了一個愛情的位置，給妳想像著，給妳的未來佔著。所有事物都成了信物，所有信物也都是遺物了。

怎麼了，閃神了？女孩問。我承認閃神了，既然這已變成一個故事，她順理成章地問說，後來，後來呢？

後來，她愛拔我的腿毛玩，故意弄痛我。她愛看我疼痛的樣子？她是要在我的疼痛裡看見她的位置嗎？故意去了遠地工作，難得北返聚會，又故意說她要消失了。她的眼睛明明暗示說，問我為何消失吧，快問。為何我總掉入陷阱，一問再問，終於把她跟另一個男子的關係問得完完整整，這也是她故意弄疼我的方式嗎？這些問題若有答案，也被時光偷走了。

她曾經煞有其事地為我講了一個笑話。一個是印第安，另一個我已記不得。兒子問起命名，問姊姊為什麼是「白雲」、哥哥是「老鷹」。爸爸說，媽媽生下姊姊、哥哥時，恰巧看見雲跟鷹，就以為名，這也就是你叫做「女人」的原因了。印第安兒子窮其一生都得花盡心思解釋這個名字吧，都會在被呼喚時聯想起出生的那一刻。以為這還是她的捉弄，我盡情笑。她滿意地看著我，微開的嘴慢慢閉攏，唇微微翹起啊、眼微微的濕潤，我被瞧得發窘，轉頭他顧時便不知她是否滴下淚水。

多年後，我才知道，說笑話是她道別的方式，她說，所以，你就叫做「女人」了。她一張臉便還清晰地掛在三商百貨前，笑聲迴盪，繞著她、繞著我，一年一年積累，終至轟隆隆響著。

很抱歉，耽誤了時間，有事要忙吧？我問，女孩嚕了嚕嘴。

我豈止穿過一場雨，而是把過去解開、壓縮，再跟現在一起縫牢。不過，我卻忘了會晤的重點。她攤開好幾行的提問，埋怨地說，才問了第一個問題呢？她原是採訪記憶跟寫作的關係來著，沒料到她的第一問，已煮沸記憶，我細看她的提問，喃喃地說，第二問不就等於第一問嗎？她啊的一聲，不知道我說些什麼。問題還是得依序來過，在雙十年華年紀，任何事情都是慢慢地、不著痕跡地過，猶如那個為我命名的笑話，我卻在多年後才看見真相，於是，她對我的採訪，不正是對我自己的採訪？

送她離去時天色已暗。人多，來不及看見她逐漸變小的背影，不禁想著我的故事，會不會也要被擁擠的人潮給擠丟了？突然想起有些細節忘了談起，這故事，到底沒能說得又長又感人。

這時候，女孩早已走遠。她是不會回過頭，再聽一次這個笑話了。

結巴

曾有一個結論，「人是城市的複製品」。
面對此，很多人都說不出話了。

映像

理了五分頭，兒子從理髮廳一路哭回家裡，倒臥沙發，哭、掩頭，再哭、又掩。他高高的額頭完整顯露，瞳仁黝圓，含神奪人，長睫毛翹立眼瞼，晶亮煥發。艾利颱風過後，帶他上河堤關心淹水災情，歐巴桑遠遠走近，一雙眼盯著他瞧，終於忍不住站定說，幸好他不是個女孩子。被完整剔除的頭髮呈現了兒子的真正性別，長且細的髮卻也惹他留戀。他哀哀哭嚎，嚷著說，除非長了頭髮，否則再也不去上課。三年前岳母帶他理過同樣髮型，等得久，他睡著了，醒轉後頭皮一片精光，但只是一撫一抹，連出聲評議都無，就找他的玩具去，而今，頭髮、美醜，都是牽掛了。

我從陳列客廳的CD架上，找了十幾位搖滾歌手的照片，跟他說，只有頭形好、才華夠，才能理光頭，再說，你的頭髮又比光頭長了許多。他認真瞧著，慢慢收了淚水。我跟妻說，真不應該理太短，他下週就要讀國小一年級，許多人生大事常由細末開端，我擔心理髮的不快，會成為他就讀國小的第一樁記憶。

兒子就讀國小這事，一直跟時間命題扣在一起。猶記開學當天，我小心翼翼帶著媽媽前一天染紅的雞蛋，在大哥的帶領下怯怯安坐。教室裡，學生們興奮吵鬧，紛紛取出紅蛋把玩。大哥、二姊、三姊都沒走，站在窗戶後看著我，像進行儀式，大夥的紅蛋都取出來，準備滾。流傳鄉間的說法是蛋滾得直，書也能讀好。滾吧，把蛋按在桌子邊緣，如神仙祭出法寶，我果敢一扔，把自己擲入傳說，而後，我竟在時間不停的漂流下，看著紅蛋筆直地朝前滾去。那是一條再也不能重擲的線，不論直曲。兒子兩歲大時，曾帶他回金門故居。我的小小的心願是藉兒子重返我的童年，特別帶了攝影機拍。兒子對蚱蜢好奇，亦步亦趨尋著，獨自走上門前土坡。鏡頭拉遠、再拉遠，彷彿要把時光拉回到老木麻黃還咻咻作聲的過去，樹下有花崗石，石上有村人坐著捻花生、刨玉米。炎夏炙熱，蔭下涼爽，世界對比，恰似紅與藍。再過去的老榕樹垂下低低的葉脈，遮掩了防空洞入口。防空洞牆後是水泥築起的小小水庫，一艘細緻的木船漂浮，水面映著我跟玩伴爭著逗弄船身的面孔。

我也拉近鏡頭，他輪廓分明的五官映入鏡頭，兒子貌似我，仍不是我。我沒那樣的大眼睛，沒有如筆畫過的眉，攝影機輕巧，映入機殼底處者，卻又艱奧深沉。兒子在這一刻成了對話的媒介，容我彎身，跟過去附耳悄說。常覺得，當了父親後，時間感似有不同，兒子成為最深刻的敘述，這敘述至少有三種分歧，一是記錄他的成長，再是敘述我的漸老，最後是時光倒流，再勾起許多往事；這如同時光映像，卻一次完成好幾個故事。我摩挲兒子刺刺短短的髮渣，這瓜點大的腦袋，就要帶領我溫習斬獲許多獎狀的國小，青春期的不馴、叛逆跟初戀，大學暫居西子灣的夕陽胭脂、微風雲起跟颱風過境的樓高巨浪，以及站在工作的十字路口，面對愛情危崖，選擇果敢或怯懦，淬煉哪一種背景成為人生的底色。

這過去早已消逝，兒子卻要一一喚醒，彷彿投影，兒子在他開學前一週，以巨大映像籠罩我。

然而，這映像又豈止是單向的？

一個曾在雜誌社實習的年輕朋友說，長大這事，真使人厭惡。她實習前，對該文化事業有服想像，實習時間雖短，卻足以推翻了。她這番話，爬梳了夢跟實踐。研究神話者整理出來人之於社會的六種面貌，比方說天真者、孤兒、流浪者、鬥士、殉道者、魔法師等。人、不同處境的人，都能在這六種原型尋找存活依憑，就像盛行的星座學、血型分析，都亟欲把人的複雜性濃縮為幾種風格，我不知道這些暢談原型的人是否意識到，在這樣的歸納下，人類便沒了出路。

我難以揣摩她的想像，只隱約意識到，那也是一種原型。夢是大的、現實卻隘，她該警覺現實的有限，比如說，公司人事來來去去，位置卻已規劃好，從編輯、主編、副總編輯到總編輯，從科員、組長、經理、副總經理到總經理，幾個簡單職稱，寫盡人的一生。她說，若不上班，順利完成外文所學業，忙於教學跟國科會研究呢？我無意潑冷水，然而，那樣的未來，不也寫在各大院校的外文所的網路公告上？轉任新聞或出版呢？許多翻譯家、出版社，不也落實了未來的諸多可能？

我苦笑說，社會何其大，又何其小啊。

社會上的每一個人、每一份工作、每一種職稱或權力，都成了映像的媒介。我笑了笑說，人的殊勝處，或在於洞悉這些結構的了無新意，卻又從中尋得鮮味吧。

愛情是我們隨後轉入的另一個課題，她提到許多「戀情」，包括剛從金門退伍的青年、常鬧口角的男友，還有一個是年紀大她許多的已婚男士。她跟三個他，都有些曲折。青年是她在補習班認識的，緊鄰而坐，在西方浪漫主義的薰陶下，青年的目光漸漸從講臺上移了下來，發現眼前的女子不正是一種浪漫主義？然而她不是。她愛自然主義更勝浪漫主義，要不然，寫實主義也不錯，於是劃下界線。男友一詞該得加上「　」，他是學長，學校風雲人物，但是，愛情不能只是談論，愛情之於兩人，猶如水系不同的河流共同奔赴大海，她想，海在哪裡？男士說她是難解的謎，當他拎背包，準備離開攝影展覽會場，遠遠看見她也在收拾文具，忽然覺得他們早約好了一起離去，他幾乎開口跟她說，好了吧，可以走了嗎？經過她前面，男士愣了半晌，他願意花長時間來看這謎該有謎底，還是，就讓她成謎？

我咀嚼三段故事的同時，意外的，沒有跌入曲折的情迷宮，似已飛離，居高臨下看著迷宮裡的一女三男，且瞧見陸續有人叩問入口。她雖在那裡頭，其實也不在那裡，那迷宮成了一種敘述，倏忽覺得她早落在人生遠處，三段故事猶如三種路徑。這畢竟不是專屬她的個人迷宮，只能說，她重複了情迷宮的歷史，她所編織的記憶，是許多人的過去，以及許多人正要來臨的未來。特別的是，她恰在迷宮內，得以找到三種迷宮路徑，編成三個故事。

她在情迷宮，我卻在記憶迷宮，我仰望，每一個路徑恰是一種映像。然而，那映像再倒過來變成另一個迷宮，那是她的三個男人、那是我的小孩、那是我們所能遇見的、交識的、想像的任何一個人，他們終將以他們的視角，形塑各自的述說，每一個聲音都真實而無可取代。這是喧嘩，依循個人記憶連動的譜曲。人，豈允許自己融於抽象的人類概念，讓職稱、權力道盡一生；她，哪能許可這些不同故事，被濃縮為單戀、失戀跟畸戀三個社會現象？我，又怎能容許我跟兒子，只是重複生命賡續的生命鄉愁？

雖然，這還是一些映像；雖然，他們都能融於十二種星座跟六種神話原型，以及更多更多的歸納分析。

忽然想起多年前有個午後，我跟一個女孩的對話。她說話時，白皙的手指畫著圓圈，彷彿一組呼喚。我握住她的手，卻沒握牢，她說，你一越過來，我就要逃走了喔。她沒給我足夠的時間，回味握她手的觸感，我卻還記得銀戒指跟她指節輝映的色澤，她指稱戒指是廉價購得，我卻相信言說外別有指涉。如今時曠人遠，我跟她卻依此馬虎小事聯繫著，這該是一種神奇，這神奇，該是一種歷史感，這歷史感，該說輕還是重？

忘了誰曾對故事這麼闡述，他說，說故事的人跟聽故事的人，都將一起老去。如今，這個片段就從她的述說裡投影而出，彷彿，那已是一個傳說。

暗示

甦醒，在清晨，有時得惘惘一分鐘，在夢的、記憶的、光線的氣氛中，去釐清自己醒來的面貌。有時，睡得沉，一覺醒來，忘了自己身分的症狀格外強烈，便狐疑地盯著天花板，摸索手跟腳，好確定這副軀體還沒有遠離。甦醒，在五年多來的清晨，我卻不納悶，很明白自己是個父親，時間是在七點半，還有十五分鐘必須出門上班，得迅速沖泡牛奶，裝好兒子的飲水跟碗筷。有時真的倦不過，懶散兩分鐘，會看見太陽大方地穿過遮掩未密的窗簾，投在牆壁。那形狀，該雷同我小時候發呆時所見的光影，無聲無息間，已從門檻移了進來。或是坐在庭院，濛霧散去，光點遍地。揉了揉眼睛，想，映在牆上的該是什麼？

因為這一想，時間頓了一小下，我心裡草草撩過一個暗示。

才出門，我就不是父親，只是個上班族，偶爾看到公車剛過，便狼狽地搶跑出去。

上車後，是一種搖晃狀態，帶著眼睛去看乘客跟城市，帶著耳朵去聽喇叭跟鈴聲。然後下車，從中興橋頭步行到重慶南路，過桂林路轉西門國小。

國小外的行道樹低矮稀疏，牆內則深廣茂密，且不斷挺拔，直到五、六樓。蟬聲在一大片陰鬱的樹蔭裡徐徐傳送，蟬跟樹幹灰黑的顏色糊在一起，小小的整片樹林像一隻蟬，小小的蟬鳴有一種大大的豐碩，似一種愁，在遠方。我想起蟬該怎麼捕。想起曾有人說，蟬有兩種，灰跟黑的，我說至少四種，還有貼著花生葉背的綠色小蟬，跟果樹才有的紅蟬，然後就看見豬寮後頭那幾株荔枝跟柳丁，經過果樹是家裡的小小菜園。再往前是一窪地，曾駐守海軍陸戰隊。戰車棲息在鑿空的山壁，木麻黃在路兩旁，往下走是海。海那邊，就是我後來生活著的島，包括我正路過的西門町。我想起我的故鄉，我的故鄉在金門。

西門國小對面曾有一間理容院，罩著黑色帷幕玻璃。皮條客搬來一張板凳坐著，對行人輕喊，少年的，要爽一下抹？置之不理，他就不理會，不小心多看或詫異地咦了一聲，他馬上會跳了起來，緊跟旁邊，東問西問。我在這一刻只能是個男人，而且是少不更事的男人。掃黃後，不見了皮條客，黑玻璃改為透明，我終能看見理容院內早已空無一物，而從理容院洞開的後門，又瞥見它通往好幾條小巷，我的好奇不因為嫖妓那樣的事而發生，而是出了後門，究竟抵達何處？巷後的世界像龐大但無解的謎，立時覺得這城市陌生得讓人心虛。

我往前走、往前走，我成了個路人。成為路人，思緒也跟馬路一樣單調、空洞，但這路卻會交織、延伸，我會產生一些些臆想。彷彿塵囂未起的城市裡將要發生些什麼，但回頭一看，卻什麼事情都沒有發生。我為這單調深覺索然，等過紅燈時，會因為看著賣樂透的、西藥的、賣早餐的，而杜撰起另一個身分。

西門町理髮廳多，傍晚經過，剛好見到理髮小姐窈窕的身影透出二樓或三樓的窗臺時，我常要想，裡頭的某一個人其實是我的妻。那時候，家裡的文學讀本不會多，多的是理容專書跟染髮劑。幻想我是一個蒼白少年，氣性一起，會拿機車鎖、藍波刀跟人幹架。我對那生活竟有著深深嚮往。我常想，我原有機會過那種人生。氣色蒼白，四體康健，以勞力供養生存條件。這故事在幻想中保有永遠的蒼白，這故事也在某個岔口改寫。路，單調、自由但短暫，尤其是紅綠燈懂得計時以後，我不由得緊盯著五四三二一的倒數，再在公司打卡機的倒數計時下，匆匆刷卡。

我以主編的身分被認識，在辦公室裡。我是職員，總編輯的部屬，同仁的上司。位不卑不高，常跟同事商量專題企劃，為寫作班招生而戰戰兢兢地計畫文宣，也為了籌備雜誌五十週年慶，向政府單位跟民間集團募款時，常常覺得一天不足二十四小時。我在五十週年慶企劃案中，只一個發言位置，離人父、人夫、人子都遙遠，那一刻，我是在一本五十年雜誌裡的小小歷程裡，看著會議室裡井然有序的雜誌，不由得興起早晚也會被歸檔的焦慮跟榮耀。

身分的轉換順理成章，偶一觸及，卻繁複無比。

公司忙，卻安靜，閉上眼聽，僅僅是鈴聲、說話跟印表機列印。那聲音緊湊但沒有節奏，那聲音扁平但緊繃，一張眼，卻會瞧見這是五、六十個人共同製作的聲息。這個規律，便在稱不上吵雜的環境裡完成。我不禁會想，美編同仁進入辦公室前是哪一層身分，美貌女同事聚精會神處理編務，心裡可曾悄悄掀過心事，另一頁的。財務經理行事俐落，行銷經理朝氣蓬勃，總編輯有禮親和，副總編輯幹練精明，他們來之前跟去之後，該歸屬到哪一種身分去？副總精明有神，總經理溫文多謀，但是，會有怎樣的一種盤算在他們的來之前、去之後？那是謎，一旦這謎不存在我的臆想，一切都順理成章，但只稍稍動念，會警覺聯繫不在人跟人的關係、而是人跟事的關連。事務，成核心，組織成龐大系統，我驚動，也感動。這像一篇小說，我們活在事件中，再被事件勾勒出各自的面貌。

事件有大與小，有深入跟輕淺，我跟多數同事維持微小事件的關連。經常，連像樣的事件也不會發生，只出示發出嗶嗶聲響的員工證件，那嗶嗶聲，會是一個指令嗎，當它被刷響，很自然地，一切身分都該遠離或隱藏？

忘記一小時前我還是父親，前一天晚上是個丈夫。我會因為電話或跟同事交談，才想起我們有另一個、更多個身分在外頭。但這觸及，只覺得那些身分更遙遠了。而當想起每一個人都有神祕的脈絡在戶外重重編織，便覺得每一個人都神祕了。思想這麼變化後，他們熟悉的樣子再也不能熟悉，眼神都若有所思，一個一個、一個個，脈絡不同地散落，穿過臺北橋、中興橋、華江橋，還可能延伸到濁水溪以南、赤道以北，太平洋以東、臺灣海峽以西，以及馬蹄達達的蒙古草原或者寒風冷冽的天山南北路，以及許多個身世的輾轉遷徙，最終，卻統歸在一間辦公室跟一種制度下，這對每個人來說，豈止是一趟驚異奇航？

常常，是手機鈴聲或簡訊提示，讓緊閉時空暫時啟放另一層關係。或無意中翻閱再生影印紙，撞見某同事計畫到俄羅斯的旅遊，同仁正在完成某研究所課業。這些證據，讓同事變得可親可喜，它們都給我一探究竟的衝動，讓我以同仁之外的姿態觸碰他們的其他身分。

不久前，一閱讀雜誌陳姓編輯撥電訪談文學雜誌的熱鬧登場，聊著聊著才發現，原來都住三重啊，聊著聊著，原來都畢業於光榮國中。想起人潮喧嘩的三和夜市，那段三和路進、重新路出的夜市，依然同許多年前張掛黃爍爍的燈並冒起陣陣燒烤的煙，直走介壽路，出租書店跟光榮文具行不知仍在否？大門還是白牆，校長應該不再姓王，學校還是運動著稱？停車場還在老地方，跳過圍牆可以直達爸媽住的仁愛街？孫姓、尤姓老師還在教書嗎？國中同學都哪裡去了，畢業後沒見幾個？慢慢地，國中歲月停頓遠方，彷彿未曾發生，卻無礙我頂五分頭、背書包，心驚膽戰繞過巷底那條惡狗，經過眷村，低頭避過糾察隊審視，拿出課本跟便當。粉筆飛末亂舞，我卻能辨識黑板上曾經寫著「十二」，那是我的號碼，而我拿著板擦。

我讓兒子看我國中照片，他卻懷疑我有過小時候。晨光中，他半睡半醒接過奶瓶，他拉長的身子，說明我正一點一點遺失了些什麼，而在消失的時光中，也有些什麼，正在默默建立。掛了陳姓編輯電話已是中午，同事們紛紛往外去。

陽光花白的九月天，騎樓、路上都是人。對街的馬可波羅書店、三民書局，特賣中的明星麵包店也是，城中市場則格外擠。城市在這一刻，以它前的、後的、左的、右的步伐，以黃的、紅的、藍的、綠的溫度，推它自己，離開規律。

我在其中。在，縱與橫向的交錯裡，無止盡地，遭逢。

依歸

我做了個夢。夢見進公司刷卡，到會議室拿報紙，經過狹長走廊回到座位，一如，以往。我，清洗杯子、泡牛奶、吃餅乾。嘩啦嘩啦聒耳的聲響傳了開來，我納悶地聽了許久，才發覺那是報紙被翻閱的聲音。

我是聽到自己在翻閱報紙，我吃了一驚，辦公室竟沒有別的人，我東瞧西望，想找出端倪，卻發現我也不在那裡。我在另一個辦公室，因為電話不在熟悉的位置，回想起那一段行之多年的習慣，而深深覺得悵然。

我倏然睜大眼睛，朦朧的黑色粒子迷散周圍，我沒有急著抓來眼鏡，好恢復視力，去看表框裡的正確時間；或者細細分辨黑色粒子跟白色粒子的多寡分佈，以判斷還可以再睡多久。只是睜大眼睛，長長一嘆，然後翻過身子，閉上眼。

做夢那天，並不是個特別日子，然而，順著它往前走幾天，卻會接上所屬雜誌的五十年大慶。籌備五十年慶祝事大，相關的溝通協調也糾纏不安，這些，可能是夢的材料，循著它，劇情便被捏塑？

閉上眼，有些畫面來得更亮。我不知怎麼地，想起多年前應雜誌社陳主編之邀，擔任文藝營駐營老師。一天下午，主編邀請駐營老師跟晏姓、王姓作家步行到日月潭邊喝咖啡。車不多，人群三三兩兩，陽光射進參差的林木，一片葉子一點青翠。會是當時手機還不普遍的緣故，我竟牢牢記得主編拿起她大大的手機講電話的神態？然後，手機變得無比巨大，離開了主編的手、耳跟嘴，懸在日月潭邊的小路，懸著、且鈴著、鈴著，是在呼喚我去接聽嗎？

那時，我還屬精壯年紀，現在看去，彷彿憑著那股精壯，就能抵禦生活上的種種不遂。這是事實嗎？真是那樣子嗎？過了這些年，我自己竟也答不出這個問題。而後，我跑去搶聽一通電話，是陳姓主編打來的。她嗓音壓得低沉，彷彿旁邊聚集一大群竊聽者，一旦聲音出了、散了，談話內容將被稀釋。

我聽到一個影響我一生的大消息。主編要退休了，她選擇我接下棒子。這只是她的意思，公司還沒有主張。她問我，提份企劃有沒有問題？面談時會不會緊張？待遇要求高不高？會不會跟作者、讀者發生齟齬？隨著一個一個問題，她任職的公司就被陌生化了，我不像去謀職，而是綁赴刑場，在劊子手動刀前，再大聲喊冤，憑藉最後一口氣，申訴。我連番會晤編輯部主管、人事主管、公司副主管，最後，是公司最高主管坐在我面前，他說，你說得很好，再來，就要看看你做的、是不是跟說的一樣好。

主編不久後辦理退休，餐別時，主管細數認識主編經過。她的一生，有二十二年又八個月跟這本雜誌聯繫在一起。她的婚姻、孩子出生跟成長，都一起寫入雜誌了。主編哭了。而哭泣的主編沒忘記幫我說上許多好話，她說，這是個可以奮鬥終生、依附終身的地方，她指著我說，他已把公司當家，決意為它犧牲、奉獻。她哽咽的語氣格外有感染力，同事紛紛望向我。我，面紅耳赤，不能否認說過那些話，也無法承認。

我有一陣子常在公司陽臺抽菸，盆栽排成一列，沒人澆水，泥土乾涸，葉常枯黃。它們依賴空調機器打混的、降落的水分子維生，多年來枯了不少，但也因年節尾牙，添了許多盆。有一次抽菸時想到陳主編，她像從彈珠臺裡彈起的彈珠，左右彈動，碰碰碰地，闖蕩、得分，讓人眼花撩亂，最終，彈珠掉回原點。我不知道她對這份耕耘二十幾年的雜誌是否心存依戀。然而，這已是他人的戲局，換我在彈珠臺裡彈來彈去。

住在對面的男士站在廚房外抽菸，一雙白色蝴蝶從襄陽街那邊飛過來，覺得我無害，繞著我跟盆栽飛。我注意盆栽腳下，一隻黑色斑蝶正撥著翅膀，不規律地。我拿了一隻樹枝想夾起牠，放進盆栽，撥著撥著，蝶卻跌落停車場車道。不久，有車來，壓了過去，爛成地上一堆泥，色彩卻還是在，黑色斑點的翅膀還微微晃動。男士抽完菸，閃進屋內，沅陵街新起的大樓中，工人在電銲，火光激濺。

我後來不在辦公室抽菸，但在陽臺伸展身子，舉臂、甩手，我再想到陳主編跟多年前那對白蝶跟斑蝶，我想，我其實是被時間注意到了，我其實是懷疑陳主編離開、還是我離開了？我在許多個那樣的午後，把自己的時空跟他人的時空混淆了。然而，就在廣漠的、沉默的、還有一點點悲涼的氣氛中，我們就沒了空隙，我們就被所執事的雜誌統攝在一股意志下。

我在那個時候，就在想像即將來到的五十年慶。這麼想時，我跟雜誌是從起初的若即若離，演至以它為依歸。我跟同事說，剛來時我還沒準備好，那就像書生突然蹲伏身子挑重擔，挑得歪歪斜斜，額頭直冒冷汗。她不相信。我強調地說，我拜訪基金會募款，情緒都很張緊，卻也不自覺地挑起神經最機警的部分，應對、協調，以求順利。我不好動，卻要常辦活動，忌諱公開場合亮相說話，卻也得說、善說。我說，你們說我改變了雜誌，我卻覺得，是我被它改造了。

五十年，的確改造許多事，五十年前的青澀寫手，許多已是聲望卓著。星雲大師曾提及與朱姓主編的交往趣事，雜誌也遠渡重洋，抵達南非華僑家裡，成為鄉愁的慰藉。雜誌的老作者、老讀者都多，有時候參加活動，主辦單位介紹我是該雜誌主編，常發現許多前輩作家朝我深意一看。不知道那一看的意義，但猜到，被懷想的雜誌就像青春期情人，如今，再見情人，雖頂著同樣名字，卻已前世今生了。他們看見的我已不是我，而是跟他們個人的記憶相連結的歷史。我回頭望，恍如看進許多個前世，他們所敘述的，都是我失憶的往事。

我夥同同事，決心要把這些失憶的過去補綴起來。

那一次，我站在陳列大櫃雜誌的書架，跟十來位前來協助整理目錄、辦理活動的同學說，雜誌的五十年就在書架裡，我們製作雜誌，行蹤不安鬆動，一旦編製成書，面貌卻都凝固了。那一刻，我真是凝固了，看見是另一個時空的編輯，在讀到這段歷史以後，試著記述下這些事。那時候，這裡也不知是高樓華廈，還是殘簷破瓦？

三月的最後一週，我生了一場病之後，就咳得難以安眠，不記得做過別的夢。我不安、期待，這一天終於還是來了。穿西裝，特地搭了件桃紅色毛衣，襯托喜氣。難得打扮正式的同事也穿起西裝，還配戴領帶。一切就緒。午後兩點，排演。三點，我拿起麥克風，正式幫這場慶典起了個頭。話才出口，便感到時間倏忽而過的威力，這是再也不能重來的慶典，這是會成為我記憶的慶典，而此刻，關於過去的跟未來的，都從這一說開始。就，這麼經過了。

那被囤積的五十年正一點一點飛過，有些色彩，有些重量。再一個恍惚，那真的已經過了，太像一場夢，我又不得不懷疑這不是我的夢，而是一場往事，活在他人的敘述裡。我再看到那支懸在日月潭林邊小路的巨大手機，它懸著、且鈴著鈴著。潭邊，行人三三兩兩，咖啡被端了上來，白色杯口冒著煙。加糖或者加奶精，舉杯，高矮不一的嘴、或厚或薄的唇。口味，是甜的、苦的、酸的；要多久，才喝完這一杯。可以續杯嗎？誰來買單？這風景，到底看到了哪一年？

從我認得日月潭開始，慈恩塔就已踞立山腰，我也爬過頂樓，跟許多旅客一樣，撞擊大鐘。而今，有人正在敲著，鐘，噹噹噹地蕩漾，像水紋劃開。鐘聲的紋路到底也像水的紋路，一圈圈走遠，最後，它們是消弭了，也融入這片廣漠裡。

經痛

醫師舉高我的手臂，用力揉捏穴道。

是啊，就是那個點，以它的微末通抵另一個微末，中指、食指、小指依序痲動，像一群沒有意志的傀儡在舞臺上抖動。像是為了自己的病症找歷史，且證明這歷史的正當性，我述說這毛病由來已久。有一次，痠痛像暴水，以後背為中心徐徐流，手臂像浸泡多日檸檬汁，忽爾醃製完成，我的手已是酸的，像蜜餞，指頭還留有殘汁，快滴出檸檬汁來。我想，我何必非說不可，不正是可以留些線索，考驗醫師的醫術嗎？然而，面對疼痛，病人多要罹患亂語症了，而知趣的醫師常會順水推舟，喃喃地說這是文明病，多治療幾次就沒事。

我曾因為打字過勞而痠痛，但很快治癒，沒料到卻因為使用滑鼠幾乎廢掉雙手。公司的舊型電腦桌是配合打字用的，整個電腦工業都沒有料到滑鼠的左鍵、右鍵會成為電腦的雙手，沒有留下右臂合理的安置高度跟空間，我舉高右臂使用滑鼠，右臂懸在半空，處理一份文件得按上七、八下滑鼠，那麼一丁點的、不知不覺的觸動，便在神經末梢，磋磨出更易於感受的神經元。右臂廢弛，可滑鼠還是得用，左手像蛇滑到右邊，多練幾次，居然也能使用無誤。

醫師從我浮凸的右小臂判斷出我的作業方式，還說左臂也傷得嚴重，他的診斷精確，使我寬慰不少。

為了保護手臂，我戴上保溫護套，同事發現紛紛問我，我說痠呀，不能不戴。病痛成了話端，我才知道同事已有多人在做治療。有人是拇指非常有骨氣，再不肯低頭；有的是食指、中指常年比著V，還有的一提重物，手腕跟臂就出聲抗議，非得打字時，只好緩慢地比著佛陀拈花的手勢，優柔地慢慢滑動。我在那一刻忽然警覺，同事間平時不甚往來，卻都被無形的電腦網路包裹在同一個世界，電腦網路是公司的神經幹，幾也是全球的中樞神經。我忽然好奇，在七月三日九點五十八分這一瞬間，這世界，因為滑鼠的觸動完成了多少次交談？如果觸動能夠發聲，這一瞬間又集中了多少音量，然後，有多少人因為這一觸動，不自覺皺起眉頭，甩手揮別痛楚、或者哎喲喊疼？這條無形網路倏然亮起無數血亮紅點，但是，又有誰能像電影裡的超人一樣，快速拆除警報？

到頭來，這警報還是回到各自體內爆炸，無聲無息，卻又異常刺痛。

醫師按了我幾處痳穴之後，手臂的痠痛感消失不少。他站在我身後，要我放鬆躺下，我這時已完全信服，哪有不躺之理？才躺下，他忽然壓住後頸，使力一按，脊椎霹里啪啦響了好幾聲。我直起身，喘了好幾口氣，轉動脖子，幸好沒被扭斷。我看著左右臂，那些血色紅斑彷彿都已安然退潮，我大口噓氣，如釋重負。

我沒料到最後這一壓，卻壓出毛病。才回家，就察覺脖頸轉動困難，隔天早晨，連床都下不了。脊椎的第六或第五節，竟與其他骨節失去聯繫般，我艱難側身，右手力撐，身體如一沉石，無動於衷。無法低頭刷牙、穿鞋，好像被無形的石膏固定住，也難以顧盼左右來車。脊椎間則常有抽痛，逼得我歪頭一扭，活像中邪。晚上複診，我跟醫師說，這好像不再是我的身體了，我最大的疑問是，這是怎麼一回事呢？

醫師說，脖子僵硬已久，剛放鬆，難免不適。他決定放血治療，拿細刀在兩邊肩頭各劃了十幾處，拔罐、放血。又擔心病症沒有好轉，慫恿我買龜鹿二仙丹養身。我對這一療程原無異議，脫口而問藥該空腹還是餐後服用，醫師一愣說，都可以，無妨。他那一愣，竟愣出我滿身大汗。再回想把脈時，醫師什麼話都沒說，他搭在我手腕的力道也使我懷疑那究竟能聽出身體的哪種祕密？

我想起下午，還跟許多人誇說這家診所好，一眼診出我的病症。那天，我赴某營隊授課，出發時還擔心頸項轉動不利，會不會分神。話一出匣，身體就只剩下思維跟言語，平日站個三十分鐘都嫌悶長，卻站足百餘分鐘，依然神旺。這又是身體不為人知的神祕了。眼尖的藝文界朋友問我頸後的瘀痕怎麼回事，我說治療手痠，說著試著轉動脖子，唉唉地說晚上回去複診後，就會沒事了。

醫師拔罐，我肩頭聳起兩團小肉丘，暗紅色的血緩緩盈灌拳頭大的杯子。血，就快滿了，醫師說，血一空、氣一通，就沒事。我還是無法轉動脖子，他改口說，血氣暢通也要一段時間，哪有神速若是？半小時、一小時過去，我不知道該來的氣血跑去何方，他們是迷失在水泥森林，還是不識我的經絡？我寄望那罐有著漂亮磚紅藥丸子可以寄來我欠缺的氣血，這一刻卻懷疑它們將化為我體內的精血，還是只是銜接下一罐藥丸子的起點？醫師推銷用力、把脈無神的模樣再一次映入眼簾，我急忙撥電話給吳姓中醫師，問他這藥能吃嗎？

吳醫師家在樹林，距離遠，因此沒想到要去就診。我說明治療手肘，意外得了頸傷，還糊里糊塗買了藥。醫師說，我怕是傷了脊椎，引起發炎。我問他，這嚴重嗎？怎能不嚴重，脊椎是人的中樞，每一環節都有相應的手、臂、足。晚間新聞正巧播報有人在遊樂場嬉戲，傷了脊椎，導致終身癱瘓，我聽得心驚，心裡大罵庸醫。

我再次想起這次潦草的療程，想起曾因失眠求助，醫師才針灸，我就昏昏欲睡。這本來不是個庸醫，幾年經營，形勢大好，竟忘了醫術、醫德，倒成了配方師，只顧著賣藥？我還是遠赴樹林求診，推拿、把脈，一一解釋病情。因為無處投醫，這才狼狽奔來，我有些難為情，該唉叫的痛疼竟都忍了下來。

我能轉動頸項了，吳醫師說，筋絡環環相通，傷了手腕，還得打通臂跟肩，我彷彿看見於人體周轉的循環氣流，他還傳授簡單自療法門。我記了下來，幾番推拿，傷勢逐漸轉好。隔幾天，我再經過住家附近那間中醫診所，依舊人進人出，熱鬧非凡。我有控訴它的衝動，竟不知當初那股怨氣消逝何方？我果然，是少了氣血呀，卻不知，有多少人是被這股欠缺的氣血傷害了？

我想起多年前的七月七日，東南亞、中國、韓國，相繼抗議日本二次世界大戰暴行，只臺灣啞口無聲，歷史走過殘暴，吐過鮮血，我們怒過、怨過，如今，那原該深刻沉澱的歷史感突然消失了，它們去了哪裡？我們是默認了暴行的合理性，還是以德報怨，以為這世界再也沒有值得計較的得失，於是便讓歷史回歸歷史，然而，少了歷史的聯繫，這會是何種質地的人？我也記得不久前回金門，參加藝文作家金門前景座談，有人提說金門人太習慣當順民了，直到如今，仍在聽命，立正、稍息，毫不馬虎。

沒有骨氣，何來氣血？

我也看見敏督利颱風過後，直昇機從高空拍攝的中央山脈鳥瞰圖。山脈依勢起伏，雖蜿蜒，但脈絡可尋，彷彿脊椎化入大地，層起的群巒一如神經分佈，而在神經群之間竟爾黃泥瀉地。那對我來說，也不過就是一張地圖呀，一張氾濫的地圖豈能引起多大的痠痛，何況，那是一張鳥瞰圖，一張鳥得飛得高高，才能看見的地表。

我們的痛處，還得在近處發生才算。比方說，我未痊癒的手肘。這帶傷的手肘將要觸動全世界了，左鍵，卡拉；右鍵，卡拉。剎時，我所要的，都一起堆到螢光幕上了。

而遠方，仍有病人在喉痛，醫師正把脈賣藥；土黃的泥血已從深坳的穴底徐徐流出，正以瘦處腐爛青茂。遠方，那個我們到達不了的真正遠方，始終映在螢光幕上，讓我們以為，已經真正抵達。

說到底，逃亡只能是一種遁詞，從一座牆移到另一座。

只是，有窗洞開。

回歸

晚上八點，遊覽車從嘉義出發。飂沉。飂還記得那兩萬九千九百步，那些碎石、殘礫、棧道。這一步步，帶領我登上玉山主峰。三千九百五十二公尺，我在臺灣最高峰。

回想玉山之旅，卻先看到遊覽車裡的情景。林文義、陳義芝、向陽、劉克襄坐在我前面。攻頂時，有人在後頭大喊，走慢一點，有人得高山症了。那是林文義。他踩踏的路如梯滑動，吃了百服寧才好些，回臺北途中，卻看不出疲累，論談政治。他們跟昏沉燈光形成一股神祕，我沒法解釋這神祕，像注視遙遠風景，像玉山那麼遠的風景。

玉山之旅由文建會跟文化總會主辦，路寒袖召集，我九月受邀，十月參加行前說明會。那天，文建會主委陳郁秀主持，提到盧修一。他曾到三重自強路市場拉票，我趨前握手，他臉色紅潤，髮白，卻更顯道骨。我忘記他已經死了。陳郁秀提到與亡夫爬玉山的事，她沒爬上去，她一定會找機會爬上去。劉克襄提到多次跟作家爬玉山的事，暈、吐、倒了。受邀作家開始緊張了，還要上山嗎？上得去嗎？

符立中是打退堂鼓的人之一，他自嘲，肥胖、髮長，沒走幾步就氣喘吁吁？丘秀芷很果敢地說要去，出發前一週穿著登山鞋適應。她原來沒有登山鞋，很多人為了上玉山添買鞋、探照燈、防風大衣、登山杖等。我原打算穿耐滑的鞋上去，但從照片、影像看去，玉山山險、路危，我買了鞋、外套、排汗內衣，只是到臺灣的一座山去，卻花了出國的花費。

隊伍，盛裝起來，似長征，奮發情緒迴盪。嚮導卻怕情緒太快揮發，走得緩慢，常常休息。我可以快速超越，卻耐著性子尾隨，他領隊、郝譽翔在後，跟著是我、是其他人。隊伍亦步亦趨，我盯著前面的人的步伐、後頭的人看著我的。想起玉山，便看見這些步伐，這一步步，變成登爬玉山的節奏，不躁進、不馬虎。林韻梅後來緊跟嚮導走，她說位置一改，疲累感馬上輕了，謝謝我把位置讓給她。幾個年輕小伙子想超過嚮導，但被制止。當嚮導站在隊伍最前面，回望四十餘人的行列時，他或許會想到隊伍內容複雜，有老有小、有尊有卑、有統有獨，他必須純淨這些內容，把這些差異，化成一步、一步步、再一步。

陣容確實複雜，有沈花末、蕭蕭、羅任玲等作家十餘位，林淑芬是臺北縣議員，劉立群曾任連江縣縣長，有文建會黃武忠、陳銘城，霍斯陸曼・伐伐是原住民。嚮導說，原住民常藉歌唱，宣洩負重壓力，請伐伐表演。伐伐婉拒，卻在途中唱了些，歌聲嘹亮。我想起參訪某原住民部落，同行的人說部落喪失味道了，他們的居住型態、觀光軟硬體，都表現「漢人思考」。這是另一種文化侵略，美化了，本質還是一樣。我無暇細思，或可說，我沒有能力細思，我生、長金門，一個邊緣區域，我以為金門處境堪憐，後來以為處處堪憐，處處都在邊緣。在中心的，只是少數幾個，在極少數裡，又可區分中心跟邊緣，細細劃分，就沒有人在真正的「中心」了。

如今，不分區域地，我們匯聚成一行隊伍。上山，遇見許多人下山來；下山，也有人正要上去。我們不用交換名片，不需判斷位階跟政治傾向，只扛著背包，朝玉山而走。電臺記者隨行，問作家們爬玉山感想。我自問為何爬山，卻找不到理由。我想起金門最高峰太武山，它只三百多公尺，山勢卻峻，軍事統治時，每年只農曆正月初九得以上山。禁區化的太武山慢慢神聖了，它不為人知的肚腹裡，據說有數不清的地道跟可容納萬人的空間。幼獅公司總編輯孫小英民國六十幾年去過金門，她在擎天廳看過電影，餐後水果吃的是香蕉，摸黑如廁時，手電筒忽然照亮漆黑甬道，才知有士兵站崗。戰火輝映，三十年前的往事鮮明栩栩。五十幾年來，太武山沒瘦、沒矮，它吐出了很多花崗岩，藏進的祕密也更多。玉山呢？它沒藏著什麼祕密吧？還是，它就是祕密。

我知悉的玉山傳聞都是山難，劉克襄已登玉山六次，經過某棧道時說，欄杆在意外後架設，有人翻落山谷。王家祥寫過一個鬼故事，地點在排雲山莊，一老人天天爬山，他覺得奇怪，管理員說，那是山難冤魂，他在受刑，還得爬幾百次才功德圓滿。

到排雲只下午四點，山莊簡陋，卻名氣遠播。不知王家祥筆下的老人今天會不會出現？主峰距離排雲山莊二點五公里，似近，其實還得走兩三個小時，繫在腰間的計步器統計出，來回一趟得走四千三百五十步。東年、林文義遲疑著要不要上去，東年說，來了就好，何必上去？我上不上山？來了，當然上去。凌晨三點出發，月光皎潔，峰壑裡的岩石映著月光，似積雪層層，夜間攻頂，隊伍走得更慢，又是一步跟著一步，一步步爬高、爬遠。

回臺北時，方梓躺在遊覽車最末一排，神色痛苦，後來睡熟。攻頂前，有一大段鐵鍊區，她幾乎走不上去。東年、林文義說不來，卻都來了。主峰上，大群山巒堆疊雪白雲海之上，群山畫著圓弧，層層湧向主峰，如音樂，立地拔起，環山破雲。朝陽含在大幅雲海裡，光遲瀉，標高三千九百五十二公尺的立碑一片青冷。我走了一萬五千六百步，站上臺灣最高點，甚至比它還高了半個人身。立碑森硬、孤寂，我隔著手套拍觸，以肉身，揣想它的恆永，卻沒法讓想像更進一步。我是無法跟隨陳列《永遠的山》裡的步調，去看青山背雀跟綠啄木，去看最接近蠻荒的蠻荒。真正的玉山不只是這塊立碑，跟上頭的標高。

下山，嚮導不再控管步調，隊形更比上山參差。陳義芝單兵急行，應驗了他說的，就算穿八百多塊一雙的登山鞋，還是能走在隊伍的最前面。因為覺得不容易再來，回程故意走慢，常找蔭涼處歇著。風颱過針葉，咻咻響，明明近，卻像從山谷或某種神祕裡吹來。若是假沙李，便拍拉拍拉地，聲音就在樹葉間，似可攀摘。芒草則枝梗搖曳，摩擦出聲，嘎吱嘎吱響，聽起來不爽不淨。風聲有它的線索，人也是，這一切，都被玉山包容了，它不阻來風，不阻來人，它只在那裡，不迎不拒，不在中心也非邊緣。

遊覽車裡，載著一群不同的人，陳義芝、林文義、劉克襄、向陽等作家坐在前面，談政治、文學與人物。燈光暗，我還是看見他們的頭上有玉山的風景。主峰上，晨曦映照，所有人似被應許了，光耀面，一律橙黃，飽滿、興奮。我沒罹患一直很擔心的高山症，想得較多的是太武山的渺小、我的渺小，以及這渺渺人間。登山客接續湧上，主峰山頭落著許多人的足跡跟菸蒂，一場雨後，這些，都會被沖刷，山頭淨空，彷如無人來過。我在遊覽車上看著人與山，覺得這一切，都已經十分遙遠了。

持續北歸，過造橋、楊梅、泰山，然後轉下三重交流道。很快的，一天之內，我們從海拔三千九百五十二公尺，回到我們習慣的位置上了。

遠方

夢到一個很遠很遠的地方。

以為菈臨無人之城。白色的牆倒在城市入口，茂盛的野草斜斜長著，橫樑露出白蟻蛀蝕的，形同蜂巢的痕跡。再也沒有一絲絲蠹蟲的聲音鑽出木頭，風來，順著草偃倒的方向望去，我看見城市的規模。風捲過腳邊，揚起薄黃色塵霧，我以手臂擋住風跟陽光，瞇眼，看進且踏進這個很遠很遠的地方。

我重重嘆了一口氣，竟感到恆永的解脫。

我走近一棟紅磚砌成的三樓洋房，通往二樓的樓梯塌倒，露出契合磚塊的灰色暗紋。我走得累極了，還沒有進入屋內的打算，再說，我不知道街道盡處還有什麼。我縮進樓的陰影下，很想睡個覺。

才坐下來，果然萬分疲憊。

大概是十年前的夏天，我來到靠海的學區讀書，天天黃昏，我騎車繞過濱海小路。海在左邊，堤岸外波濤洶湧。右側是山，山不高，但禿了，餘暉照耀，山勢險峻彷彿高了。

我一共有三個停車據點，其一就在離海十公尺的海濱。早些時候這裡有艘棄船，引擎已卸，黃漆斑駁，似倦了的靈魂躺著歇息。再也不容易看見船跟海搏鬥的光榮記錄，我跳上船，吃土極深的船動也不動，我想到，一艘永遠平衡的船已失去了船的價值。舵還在，欄杆還如健壯的臂膀，我與奮坐在船的許多位置，等待快門。

我無意中留下了殘船擱淺海灘的照片，跟永遠不能回來的雙十年華。

現在的沙灘立著比人高出許多倍的柵欄，旁邊立著紅色的警示。以為柵欄可以阻止死亡，但不能，一對小兄弟攀過柵欄入海嬉戲，出來時卻是兩具浮腫的屍體。

柵欄忘記了死亡，海也是，遊客跟學生們也是。他們踏上小兄弟走過的沙灘，彎下身玩水。

死亡會增加海的重量嗎？靈魂會不會擱淺在海水裡，掬起水，會看見兩張臉？黃昏驟臨的緣故吧，我看見戲水的小兄弟仍在海裡嬉戲，我縱使沒見過他們，也可能見過他們的背影。背影永不會老去，小兄弟站在海濱，永遠戲水。

死亡是種誘惑，逼使人凝視，想看清世人的死法，也想像自己能以何種方式死去。我來到半山腰，俯視，看見小兄弟浮沉波浪的掙扎時刻。

體會嗆水。恐慌裡，水的柔弱變得殘忍，踩不著的沙地深邃而恐怖，我想起事發隔日，海灘躺著小兄弟的屍身。那時，我站在面海的學校宿舍，悲傷的家人哭倒在地，小小的身體蓋著淡黃色草席，道士舉起法器喃喃唱頌，屍體旁擺了香案，焚燒的冥紙冒出陣陣白煙，風吹，枯黑的紙灰奔動。

一切都無聲。因為靜默，所以難忘。悲傷在旁觀者眼中找到囤積所，我心中住著溺死的小兄弟。

第三個停車據點是在沿山壁開鑿的小路。鮮少人步行，多以飛快的車速掠過。行經此處我的心輕了，發起狠來猛加油門，直到路的彎道。風急馳而過，樹葉陰黑如剪影，堤防右邊，海始終作浪。

靠山靠海的學區常在樹濤跟海潮中靜默下來。

靜默裡，常會閃進記憶的潛行路徑，讓我走到很遠很遠的地方；停下來看，我遇見刻有我名字的木麻黃。我用麻繩繫成一張床，枕著，麻繩入肉，一刻鐘後，會在臀部跟腿留下凹陷。總是因為喜歡，我能忍痛，享受孤懸在天地之外的味道。最近的地方不是長滿樹根的地，而是不動的藍天跟拂動的雲；恍惚間，誤以為天空是大圓形轉盤，轉動間色調改了，由藍而胭脂而黃，掛上星光時夜將沉。

我帶著憂戚看著光的變化，而後以為，生命就如吊床上的天空。

不在吊床上的日子我期待城市的種種繁華。期待進城，大口嗅聞蘋果腐爛前發出的凶猛香味；香蕉爛熟前濃得迷人的氣息；以及雜遝著人聲、衣服顏色、死魚姿態的特有氛圍。我迷戀腐敗前最後的嘶喊。

我想起以菜籃裝著，吊在三合院牆上防止貓偷食的魚。煎得很好的魚透著美妙的香噴噴色澤，肉質鮮美而具嚼感。一天，我吃淨盤子最上位的魚，準備吃另一條時，看見魚身上湧起數不清的「鱗」。詫異間，一片「鱗」爬上筷子，掙扎前進。看清楚了，是一條蛆爬了上來；看仔細了，米粒大小的肉色蛆成群結隊翻滾著。

那是一條腐爛中的魚，沒有發出任何異臭前已經腐爛。

糞池長這種蛆，人體腐爛了也長這種蛆。一篇記敘二次大戰的日本小說寫著，蛆在士兵的嘴巴、鼻孔爬行，咀嚼，而那士兵居然還活著，他的最後一絲模糊視線，正好可以看見蛆的肆掠。

米會長出黑色米蟲，花生壞死長出灰中帶金的蛾，綠豆也長蛾；如果沒有火，人死了就是一大堆一大堆的蛆。

關於死亡，我先認識了它的腐爛。想像肉身醒著，流下的眼淚是蛆，對前世的想念也變成蛆，慢慢鑽出耳朵。恐懼的大叫跟求救也是蛆，從嘴巴流出來。

我帶著關於蛆的種種想像，回到在樹濤、海潮裡靜默下來的學區。總是以為自己已在警覺死亡時死去了，只不過肉身未腐，肺還在，還能做愛、吃飯。我爬上床靜靜躺著，想到那對溺死的小兄弟，想到總有一天，我也會跟他們一樣。所有我愛、我恨的人都會奔赴同樣的命運，在一大堆面貌難辨的蛆前感傷落淚。

畢業前幾天，黃昏愈發迷人，海上亡靈也格外聒噪。

我勢必離開這裡，彷彿投胎，另覓一副重新生活的軀體，打造一具更易容忍死亡跟挫敗的靈魂。

那幾天，亡靈們與我比往常親近，就某種意義來說，我正在死亡著。走近柵欄，即可聽聞呼喚。他們展示的生命終點呈現為甜美的誘惑，只要我果敢往下跳。

亡靈們也在夜裡來訪，我看見戲水的小兄弟，背後跟著十七歲的長髮少女，兩名穿牛仔褲的大學生，不知喝多了水還是啤酒的中年男士。還有許多許多亡靈，因為死亡過久，被塵世遺忘，所以失去了臉。他們招手，我沒有跟隨而去，反而走到了一個很遠很遠的地方，亡靈們忽然不管我，消逝在海平面。

那的確是一座無人之城。我打了一個盹，繞了小半圈後肯定了。

起初我不知道這是夢，直到看見童年的木麻黃長在一棟頹圮的五樓公寓上，察覺荒謬，意識到這或許是個夢。往前走了一小段路，窺探因風化而洞開的牆，屋內是白色沙灘，落著貝殼，寄居蟹不理會我，一隻一隻鑽出洞，飛快爬進另一個洞。沙灘的後面當然是海、是船，聽見快門喀嚓喀嚓按下，看見道士喃喃作法，家屬哀慟落淚。

我想起來，我想去遠方，想去遺忘死亡的地方，我以為極遠的極遠處，當會遺忘死亡。

我往前走，才移開一小步，沙灘跟海忽然退得老遠，再也聽不到潮聲。

直到明白，我到的最遠處其實是在夢裡，在一個專門儲存死亡記憶的倉庫時，我才走出夢境。

醒來發現，我早已離開濱海的學區，窗外不再是映進樹影的宿舍，也沒有樹跟吊床，我在一間尋常的公寓裡，再度含著蛆做夢。

我躺著，望進且走進夢裡的城市。沒有人的城市，藍天不改其藍，換了門牌的建築，風也未曾停止吹拂。

我咀嚼著吐不掉的蛆。

養夢

很久以前我做過一個夢。不知天色暗、亮，空氣像漆上一層霧，我躲在路邊的水溝裡，鬼來尋我，身影朦朧飄近。鬼快找到我了、快要了。我大汗直流，咬牙切齒，渾身發抖。鬼走過去、鬼走過去了。我驚喜得鬆下一口氣，隔天，我再能夠是一個到處玩耍的小孩子了。

很多年來，我一直養著這個夢，常常走進夢裡，陪那發抖的男孩一起發抖。我養著夢，我長大，它也長大。似乎它把我童年做過的別的夢都排擠掉，我想不起其他的夢。

很多年後，偕同學海堤看海的事又更古久了，每次憶及都清晰，夜來，西子灣海潮陣陣騷響，拎啤酒幾罐、帶香菸一兩包，前衝、一蹬，躍上堤防。有月時，銀白色倒影海上飄蕩。

風大，月的倒影從沒完整過，浪碎得一塊塊。月跟它的倒影、我跟我的影子，我跟月有話，我的影子跟月的倒影也有話。似真似假。逼真似假。似假近真。

那一場場談話到現在是模糊了，僅月色還清晰，泊在高雄港灣內，哪裡也沒去。浪有大有小，小的捲到堤岸前就敗陣而去，大者衝上遮擋潮浪的三角錐，沿堤岸邊緣鋸出一道浪花。月光照著捲起的浪花，白色泡沫罩染青光。我有一躍而下的衝動。到海裡，到平靜的夢裡，終於可以跟它面面相覷，看它的究竟模樣。

一直有線索，唆使童年的夢警醒，平靜的大學生活亦然。我在中山大學住過四個寢室。一年級住翠亨山莊，二年級到畢業分住武嶺三個地方。女生一律住F棟。

十一點宵禁前，狹小的入口處擠著甜蜜道別的情侶。他們的笑聲跟談話聲擠得密密的，游動，上樓梯、穿過長長的走廊，拐進寢室。我是聽不清楚他們說了些什麼，聲音起伏如浪，終在十一點鐘後黯然消寂。

寂靜中，男孩們的活動才要開始，樓上，同學們齊聚，有的聚精會神玩「統一中國」電動遊戲，有的提起到學生活動中心參觀各式社團，不知該參加哪一種。有的，微笑坐在椅子上看眾人說話，有的捧剛沖好的泡麵，走進寢室，小心翼翼擱在桌上。班上多數男生都在這一樓，班上多數的商議也在這一樓完成，如聯誼、跟外校或校內的，或遴選班代表等。我說，我的大二學姊剛剛陪我去海邊，再騎車到旗津碼頭買豆花。她姓江，大三學姊姓邱，大四姓陳。

我讀的是財務管理學系，第四屆，我們的報到讓這個系完成連貫，他們對完整家族儀式的成員寄予厚望。家族制，學長、姊有義務告知學校傳統跟系所文化，也得提及教授們的脾性。學長、姊的專業嫻熟跟見解是一種成熟典範，我在這裡頭看見一個巨大身影，從巨大身影裡再看見我還是小男孩時，大人們以萬知的、接近超人的型態被我認識。我以為，那是知識加上去的，而有一天，就在明年或後年，我亦將獲得。我像個小男孩，羞澀地經歷迎新晚會、聯誼，這些個節目也一直以完美的巨大成為記憶的一部分。

大二搬到武嶺，離海近了些，知道我終將離去的想法也更近了。我搬進的武嶺二村寢室住大四畢業生，他們畢業前，我和同學前去清掃。我看見的畫面跟那個夢一樣讓我難忘。地板堆滿紙張、筆記本、講義，像盜賊侵入，翻箱倒櫃。而侵入的，是那些原來住在這裡的人。他們外露存活的一個一個證據，這一群素未謀面的人是在用死亡證明活過的歷程。我讀著某封婦人寫給學生的信箋，她瞞丈夫跟他幽會，對不住良心，卻難以拒絕。慎重的告白成為那人離去前匆匆扔棄的垃圾，我聯想起密室裡的床，男孩在上，婦人位下，他的每一次推進都在遠離婦人。她的每一次含情眼神都在凝視她自己。畢業後多次返校，甚少到武嶺二村，我站在武嶺四村平臺，透過已長得茂密的榕樹遠眺該處。那些信箋飄飛起來。男孩跟婦人也飛將起來，赤裸的，沒有臉。大二那年，我用餐上樓前，看見一膚黑、氣質似專科生的女孩，佇守樓梯口。她神情羞愧，小心地看著路過的每一個男孩。她也沒有臉，但我記得神情，像那個夢，鬼沒有臉的那個夢。

畢業後沒幾個月，逮住一次機會返校。時代屬於國民黨，連戰任副總統兼行政院院長，全國鼓吹反毒。我任職的鑫凱傳播以製作「玫瑰之夜」知名，特到高雄舉辦反毒晚會。打雜是我的工作，最重要的事是保管好很大一面反毒旗幟，我委由洗衣店燙得平整，抽空跟同學回中山。

同學正等待服役，我們繞海邊一圈，也跳上堤防喝啤酒。我還留有鑰匙，進入已空蕩的寢室。樹還在窗外。我慣常傾斜坐著，腳翹上桌，偏頭，看樹搖曳。入夜，燈下的樹已看不出搖或不搖，生活片段陸續回來。我用走廊裡的電話撥給爸媽、女友，也難得地打給大姊。大姊一次在電話中說，你其實有三個哥哥。前兩個都早夭，僅存的這個卻不是親的。電話是在大哥婚後不久打的，他回鄉補請喜宴，鄉人多事，大哥才知姓了幾十年的「吳」姓，是一層虛構關係。爸書沒讀多，卻有原則，他說，不是親生的又怎麼樣，個個是他的兒。我昏昏沉沉回寢室，原來我有兩個哥哥，「大哥」一出世就死，「二哥」沒有熬到滿月，他們那麼快就被沒有臉的鬼找到了？問爸爸他們葬在哪裡，他也不知道。我想到，我原可以有另一種手足結構，我會被這新關係改變，我會是另一個人，我也可能不在。

我有一種幸福的妄想，所有人都回西子灣，再演一次大學生活。那麼，阿沙力同學還沒跟我交惡，端坐桌前，一副老學究樣。我們會相約打網球，不管晴雨。鄭文正會來寢室談八卦，港生顏招興正汗流浹背走上武嶺斜坡。我老是記得顏招興走上斜坡，後來幾次到香港，我都帶著他的電話。在香港街道撥電話時，也看見他正走上斜坡。那時，太陽赤大，濤聲黯沉，我騎車經過，他不知道我看見他。那時，學姊黃令蕙跟顧心怡最是嬌美，我一次一次看見她們走出系辦，一次一次知道她們即將離去。麥田出版社成立時，朱天心出版《想我眷村的兄弟們》，於高雄市五福路敦煌書店辦簽名會。我去，朱天心在書上簽名。多年後，在北一女小說評審會上遇見，她不記得這事，卻記得我在某呼籲政府改革的聯名表上簽名。她熱烈提著，殊不知，那是我最接近政治的一次。中正紀念堂野百合事件，王文華、柯裕棻、郝譽翔也許都在廣場上怒吼他們的理想，而那時，我仍留在西子灣，事不關己，己不關事，層層海濤包裹，我的時間之浪，只關鄉愁，無關國憂。

颱風天，學生騎車上堤防，巨浪打來，兩人跌入海裡，一人爬上岸，一人隔天才漂到港灣。任學校總幹事的同學說，皮膚爛腫，腿已是兩倍大。活著的那人該在不斷的悔悟裡希望時光再來一次，他們不會騎車上堤岸，只遠看就好。遠遠地看，像我一樣。像我一樣，摀著臉，不讓鬼找到。

畢業後，我似成了中文系校友，多次應邀請回校演講。初始，我還偷瞄路過的學生，暗忖，不知有識得的否？漸漸地，明白自己已成生人，無人識我，吾不識人，活動中心夜間活動仍同當年，最早邀我返校演講的學弟、學妹也已畢業。我徒步走過夜街，習慣性望向F棟四樓。簡姓的女孩曾住在窗內，笑開時，嘴角邊兩個梨渦。文管長廊聊天時，月光照耀她臉，嫵媚動人到頭來也只能嫵媚動人。後來，陳、邱、江學姊接續畢業，我多了徐、彭、陳三位學妹。我還記得她們初入大學的模樣。記得約見簡姓女孩時，被她同學撞見，她滿臉羞紅。我載她，她朝海、天，高喊「喂」，那聲音近在耳畔，卻遠在天邊，一次次，從海裡跑來。

時間的消逝跟爬坡一樣，剛爬很累，抱怨路途遠，後又訝異回程真快。我大三時，已為了即將離去而準備，寫了一篇〈鬼〉，記我已離開，在這裡的我已經死了，我回來憑弔。

我回學校過夜時，一定晚睡，宿舍外的平臺可能明月當空，也可以黯淡無星，輪船停泊，燈光點點，濤聲卻規律。文管長廊招貼的海報一張張飄到眼前，還有那一張張臉。不能招呼，只能看了又看。我處在過去氛圍中，這對我是一座幽靈之堡。活動中心還有人，他們關燈，走出來，經過我，我也在經過他們。直到多次返校，重溫更多的夢境、跟夢帶來的死的絕望後，才終於釋懷地放走時間、放走這個地方。我成了一個新的面孔。

我成了新面孔以後，又回了學校一次。我想起鬼沒有臉的夢。

我平靜看著那個夢，不發抖、不驚喜，也不悲傷。我爬出藏身的水溝了。想必，它這次一定清楚看見我現在的樣子了。

人逝

岳母與高采烈提起生前契約。她說，買了這份契約，往生時只要少許花費，就能免去葬儀社剝削，尊嚴地帶走這副塵世之身。

她解說時，我看見很多屍身沿著我排列。一些，停在走道兩邊，有的，寄存在一格一格的冷凍室，隔間頗似郵局租用的信箱，但多了分生冷，使我懷疑連撒旦都放棄領回他們了。那是我第一次看見許多屍體，一老婦雙手高舉，像打太極，手推出去，卻沒再收回。老婦胸腔凹下，一大片冰塊徐徐融化，水，滴落、滴落，床下一大塊濕漬，順勢流向走道。很多來不及存進冷凍櫃的屍體成群裝在一個一個鐵籠子，一老翁平躺在籠子裡，蓋著濕透的棉被。很多人的五官扭曲了，不知那是他們死前的樣子，還是冰凍後形變。我似走進一紛亂的屠宰場，沒有血，只是很濕、很悶。我竟然可以不害怕。

我原以為會很懼怕才是，但這裡頭的紛亂卻破壞恐怖該有的線索跟邏輯。

我跟陳裕盛走過很長一條甬道，才到終點。我認不出來這硬梆梆躺在低矮床上的人是健談、機智，甚且帶了點侵略性的林耀德。他穿深褐色襪子，雙腳自然分開，顯得寧靜安詳。我忍住悲慼端詳瘦了許多的林耀德。水自天花板滴下，落在離他右額不遠的床邊，陳裕盛蹲在旁邊，把他的頭移了一移。我們也只能這樣做。陳裕盛撩撥他的髮，額頭靠在他臉上，喃喃敘說懷念的話。

陳裕盛是林的學生、朋友、死黨。而，人走的時候就只一人，誰都帶不走，誰都留下了。我沒學陳裕盛那麼做，我連碰都沒碰，我狐疑，這就是人死後的樣子嗎？

我一直想像，人死後靈魂未走，他仍在軀體，他喊，沒人聽到，他哭，人們仍把他的軀體往土裡埋、往火裡放。最後，他會是孤單的。

岳母說，許多政要大老都買了這份契約，很便宜喔，從頭期款到尾款只要七、八萬元。我快看見自己被堆埋的葬禮了。我是冷冰冰地躺在那裡解凍，像隻雞、像塊牛肉。我沒買下這份產品。我看了岳母帶來的大批文件，搞不清楚這產品是直銷、是保險？我懷疑那些名人政要死後，他們的後代同意以七、八萬元的花費打發掉那具尚有殘餘價值的屍身？我覺得非常疲憊。我感到疲憊的不是死亡、或設想死亡，而是以為能把死亡處理得有條不紊，似乎簽了那份生前契約，死亡就成了個形式，剩餘的，只是照約完成這形式。

岳母大約沒料到妻會跟我一齊抵制這份產品，顯得有些不知所措。我覺得奇怪的是，她之前不是幫人規劃保險嗎，我跟妻跟子，都買了她推銷的產品，怎麼幾週不見，突然興沖沖、如發現大寶藏似地推銷起生前契約來？她說，那可以省很多錢。我訝異她的目光如是遙遠，像站在高處，眺望一個她可能已經不在的時空。保險教導我們的，無非就是這個遙遠的關注了，預期自己病了、殘了、死了。這還不夠，還得預期孩子病了、殘了、死了，更甚者，還可預期孫子病了、殘了、死了。兒子誕生不久後起，我一直在嘗受這分壓力，不得不在兒子柔美無瑕的臉上預見枯朽老死，而我們談論時，就當那只是些事，忘了它們可能、真的，會到來。

死亡，究竟會以何姿態到來呢？很多的死是荒謬的，八掌溪上，急流湍湍，那活生生緊緊扶持的四人隔沒幾小時就一片死寂。保齡球女國手縱身一躍，被討論、惋惜了一陣子，就消失無蹤。蘆洲大火燒裂許多個家庭，我不知道這個慘案能佔據多久版面，能被關懷多久。這，就是死亡嗎？

我曾應某報副刊之邀，寫了一散文，悼念一位早逝的同學。他赴新加坡出差，預計返國之後完婚，竟意外亡故。我驚訝、惋惜、悲傷，他戴黑色眼鏡瘦高的身影騎在大路易機車上，往月世界看蠻荒，到墾丁看遼闊海像，到鹽水，戴安全帽、裹圍巾、披大件外套，穿梭在陣陣如雷擊的蜂炮下。我也在月世界、墾丁跟鹽水的旅途上，我還載著他，砂石車轉彎、轉彎，它碩長、巨大的車身彷彿沒有盡頭，傾斜地貼近。砂石車車身撞著我左把手，這對砂石車來說只是輕輕一斜，我已失去平衡，左手雖然夾傷，仍緊持把手。我失速滑行好幾公尺，氣急敗壞怒罵時，砂石車早已走遠。同學沒受傷，跨下機車，關心我的傷勢。後來他就不住校，回家住去，後來他就陪我四年，我每次回校，都會看見他騎著大路易機車，奔馳，騎上七賢路。

我仍無法想像他的冰冷。他沒跟任何人道別，我當他失蹤，而不是死了。

堂哥的女兒也失蹤了。我們決定讓她徹底失蹤，沒有人刻意提她。我回金門時，留意到神主牌位上沒她的名字。她叫佩佩。十幾年前我回金門時，她還是個孩子，有對兔牙，常挨著我說，叔叔，媽媽叫你到我家吃飯。金門那時候窮得可怕，我的傻瓜相機非常適時地留下佩佩、以及其他姪子、姪女的照片。我曾加洗，寄給堂哥、堂嫂。我相信，他們沒有幾張佩佩小時候的照片。寄出照片時，我因為揣想堂哥、堂嫂看見照片時的傷感，幾乎沒敢寄出，然後，我們再次掩埋佩佩，當作她未曾存在？

我雖寄了照片，但我們仍然埋了她。我在堂哥家找不到佩佩活過的痕跡，堂嫂談小孩農專畢業找不到工作，怪縣長沒妥善安排。我們再次關注我們活著的現在，我們再次把發生不久的死亡推得老遠，以為推得夠遠、夠遠，再也看不見了。

岳母沒再提起生前契約這事，改去兜銷他人。我沒瞧過半眼的契約卻鋪成紅磚道、修築成一條條馬路，我看見我走在上頭，旁邊是我的爸爸、媽媽、爺爺、奶奶、哥哥、姊姊、親戚、朋友。路轉，爺爺先消失，跟著是奶奶，爸、媽、我、大哥、小弟走在路上。我越走，身高越高，鬍鬚越粗，爸的皺紋越多，媽染髮的次數也越頻繁。我往旁邊瞧，姊姊們結婚後便走在另一條路上了，我再走，大哥、小弟走上別的路，我、爸爸、媽媽在一起走了許多年後，太太加了進來，我停在原地沒走，看爸爸、媽媽走遠了，才轉進另一條路。不久後，我的孩子出現了，我抱他、他學爬、學走，現在則蹦蹦跳跳，能邊走邊歌，有時還能頂我們幾句。

我想像一種可能，當我飄高幾十公尺，當能看見這些生之路錯綜的交織、連續、斷絕等關連。我的路不止跟親人的路交會，還會交織上不相關的，不管這路如何迂迴、變化、起霧或大晴，都會通抵恆永的居所，我們以為會很輕鬆到達，因為我們已在那契約上了，不管簽名或未簽名，都在上頭。憑著我有利的高度，我能辨識路上的人彷彿沒少，卻已悄悄變更了。

悄悄變更了。一些人消失，一些人加入。

在南非，我跟符兆祥真正認識，這個認識，使我走進他的路，他也帶來他的故事。他找我參加世界華文作家在南非舉行的年會。回臺前，熱情僑胞帶我們旅遊，車上播放蔡琴唱的〈最後一夜〉。這曲是慎芝女士做的。符兆祥聊到慎芝，看到許多年前，慎芝女士就讀國中的兒子，打籃球忽然倒地，口吐白沫，送醫無救。符哭了，後來睡熟。這個敘說就這麼植入我腦袋。一個名女人，也只是個平凡的母親，我跟寫聽〈最後一夜〉感想，投稿來《幼獅文藝》的某作者說，這故事是慎芝女士寫的，這是她一生的寫照，這是一個悲劇。我每敘述一次，斷腸情景又一次深咬，眼珠上吊的男孩的臉，口吐白沫再不能叫爸爸媽媽的嘴，平靜如熟睡卻再不能運球上籃的身體，符陪在旁邊，跟著痛哭。兒子死後沒多久，慎芝女士也走了。

走了，走到另一條路去。不知道那是哪一條路？不知道死後，還能走在一塊兒嗎？我哄孩子睡覺時想到符兆祥跟慎芝女士，我也想到死亡，想起這只是時間線上短短的一個段落，這段落，終將斷絕，時光仍去，去得遠，遠得可以連續出另一條線，可以忘卻這組成它的一個線段。明明知道時光是這麼走去的，我們仍只能、只願意看見近的、痛的。

這是一個大夢。夢醒，又巴望不要夢醒，不要結束。我們何其淺薄，又何其多情。

生卒

看古書，我常留意古人的生、卒。如李清照生於西元一〇八一，死於一一四〇年，蘇東坡生於西元一〇三六，死於一一〇一年。柳宗元生於西元七七三，死於八一九年，杜甫生於西元七一二，死於七七〇年。李清照活了五十九歲，蘇比李多活六年，柳宗元未及五十喪命，杜甫則活了五十八歲。我生於一九六七年，不知命去何時？

一九六七年，曾經是一個年輕數字。未足五歲那年，臺灣退出聯合國，中美建交，我就讀國中。我還記得孫運璿院長發表愛國捐款演說，少少的五塊、十元，就能拼出一架飛機一輛戰車。捐款時，常常會想這五塊錢是成為螺絲釘還是子彈一顆？五塊錢被想像成無堅不摧的神話，錢滾進捐款箱時，我便也漲成一輛戰車。也記得蔣經國總統巍峨站在總統府前高高架起的看臺，向金門自衛隊、三軍官兵等行列揮手致意。藍天下，噴射機呼嘯而過，空中變換隊形，噴射氣流拖曳長長的白色尾巴，美不勝收。我抬頭，讚嘆噴射機的雄壯之美時，也仰望著那個時代，那一個，不知何時就逝去的年代。

那一個不知何時逝去的年代啊，總是有許多故事可說，一個大學生陪我坐在新公園劇場座椅上，聽我談起從前。他是為了某雜誌社專題，幫忙拍照來著。比如說髮禁這事，教官當起管家婆，我倒楣，頭髮捲，教官還拉起頭髮量。那時候跳舞違法，但頭腦靈光的人會用兩萬元租下舞廳，製作入場券，賣得好還可以賺錢。那是「地下」舞廳，卻不一定非在地下不可，只是非法的意思。他懂了。他現在只需服一年六個月役期，我當年是抽籤決定兵役長短，空軍、海陸跟陸一特都是三年。你們現在還走中橫、北橫、南橫嗎？他笑了笑，沒走過，何必走，騎車、開車更便利。他不知道「溪阿縱走」是從溪頭到阿里山，這名詞，也隨著救國團活動量遽降而成為少數人還記得的專有名詞，這名詞，是屬於我這一族群的，所謂的「四年級生」或「五年級生」。有次拜訪客委會，跟鍾姓科長聊起復興文藝營舊事，再一次回溯那一個看來過於簡單、也容易感到幸福的日子。年紀相仿，經驗共鳴，那一場場談話，是眷懷還是哀悼？

我跟大學生說，當年參加救國團活動還得跟教官混熟，否則根本沒有名額可報。我高中時常去露營健行，一次到夢幻湖夜遊，月光皎潔，大家就著月光玩牌，迎著月光而眠，早晨起來，怎麼每個人臉都紅通通的，竟是被月光曬黑了。我話是說多了，他聽得很驚訝。

在那一個不知何時就逝去的年代，他還沒有出生。他羞赧地說，彷彿有點歉意。我說，就在這劇場，二十年前的春日午後，臺上是剛出道的歌手藍心湄，貼身牛仔裝，好細的腰、好圓好翹的臀，我們配合節拍鼓掌，也不知這段畫面，收進她的MV了沒？

大學生來拍照，恰是我生日的前一天。我談話時，一直想到這事，想到三十七年前的明天，我即將誕生。像掩飾不可告人之事，我藏著這祕密。拍完照，大學生道別，我想到大學生也有生日，提新穎背包走過騎樓的女郎、立地窗後低頭喝咖啡的大學女孩、聚精會神煎蛋餅的小吃店老闆等，都有人生的起迄點，我想到搖滾樂團「威爾可」(Wilco)的一句歌詞，「你必須知道如何死，如果你要知道如何生」。

每年生日前後，我都會告假在家，想、撫摸跟凝視。我很絕對地回憶、很固執地哀傷，這麼做的意義會是什麼，跟自己談生死？說生命跟自由都短暫？每年生日都安靜過，今年也很平靜，兒子、妻子都回家了，我看著他們，渴望一句「生日快樂」、還是擁抱？我跟自己說，這些，又能給與什麼、又能阻擋什麼？雖說如此，一連數週我都故意冷淡妻子，一個多月後，我跟妻有了口角。思緒回到生日當天，家人都沉睡後，我獨坐書房，看錶，看一種象徵性慢慢移轉而去，變成別人的生日或忌日，我跟世界孤立開來，跟家人也是。十一點五十五分、五十六、五十七、五十八、五十九，我終於度過賜我生時、也給我死時的這一天，這一天，無異於臨終告別。

怕死啊，怕老，或說，不知道漂泊竟會這麼遠，沉寂會這麼深，我嘆了口氣，闔起沒看幾頁的書，想起蘇東坡、杜甫、李白都曾詩賦生命，問，今月何月，十年生死兩茫茫啊。而今，問死生的人不都也作古，我在今夜的疑問既不多也不少，仍只是俗問、俗見。

我說與妻聽，她知道了，這場對話不需要答案。日子，就這樣過了，直到一件一件事情慢慢來臨，那些關於生命、死亡的。我性格住了很多虛無吧，常如是看待周遭事物，便要對汲汲於是非爭鬥的白領階級提出質疑，對戚戚名位權奪的官宦高層疑惑不解，這些爭鬥中，國家、公司、同胞、子民等名號一個一個提出，漫天飛舞，我被包含在國家裡、子民裡，卻又顯得空虛無妄，名號的提出不過眾所周知的，義正辭嚴的個人奮鬥說詞。畢竟，我們都只知道自己的生年，不知死時，我們施展渾身解數謀全生命當下的尊足愛欲，完整畫出人中龍鳳藍圖，成為生也周密、死也輝煌的丹青？還是，我竟高估這些紛爭，那不過是欲利的咬齧，是口欲的，無涉精神，不知死、遑論生，這樣的對話畢竟還需要精神的高度，只知生、不知死，都還是凡夫我輩的切身大問，而且，這已經夠大了，幾乎是全部，所以，生日哪能不重要，人人皆負天命，畫樂透時，誰不簽下自己生辰？

日子，就這樣過了，四十、五十、六十、七十，會有八十、九十嗎？

日子，一天一天歸入鬼籍，明天會是仙境？

一天晚上，高中同學來電。他自以為熟稔，未報姓名，見我語氣遲疑，才道姓名。他來電，是因為突然來了興致，這興致的關鍵是：昨天死了一個高中同學，王某。我很感激他這分興致，也還記得王某。王某，汽車維修廠小開，跟前妻、現任妻子都育有子女。王某，胖，方面大耳，高中時便因家境優常有貴氣，過勞死。我們花了幾分鐘追憶王某，他忽然又說，黃某也死了。黃某，高中實習編組屬於B組，瘦、高，車禍死，而且，已作古五年了。王某跟黃某，還有我大學同學吳某居然都不能期待四十。

我仔細想了亡故的同學們，我二十歲以後沒再見過王某、黃某，三十歲以後跟吳某也斷了音訊，回想起來，王跟黃仍在南港高工跟我談泡妞，提說到中華路那家西服店訂作喇叭褲精神的制服。那年代，事事壓抑，只能透過故意留上一小撮的劉海、黑襪裡再套白襪跟亮皮皮鞋出示少少的叛逆，那不知怎麼就消逝的年代，西門町有謝謝魷魚羹麵跟讀書的蓮院，中華路有大方冰果店跟金天鵝溜冰廳，王某曾開來老爸的進口轎車，跩氣站在車門，召喚他的同夥出遊；黃某有DT，那臉長而瘦，騎上DT，像馬匹騎乘機車。吳某的機車是大路易，那成了他的綽號，他參加過我召集的南橫、新中橫健行，夜遊月世界跟墾丁，並遠征鹽水，一起出入蜂炮炮陣。我寫了吳某哀悼文，他的家屬不諒解，大姊還從美國寄函質疑，我的致哀文跟回覆的信件都還在我的電腦裡，每天隨著電腦開機又被複習一次，對亡者的哀思本在時時追憶，這是他們的復活方式。這是與亡者的對話。

高中同學來電，我再一次因為複習死亡而哀傷，我生於一九六七年，又，命去何時？我留下什麼，不會留下什麼？在這些俗間、俗見之間，我還能發現生命的哪些價值？我能夠不愧父母、天地，不愧我的生年？

這，原也沒有解答，我輩凡夫俗女，盡皆忙碌。

電話談久了，兒子正為了不知道該玩哪種遊戲而苦惱，高中同學聽到吵鬧聲，問我兒子多大了。這一談，才知他也結婚生子，便由死亡聊到新生。我作豪地數說兒子的凸出作為，提道他會寫詩。兒子沒讓我繼續講電話，他三歲時的詩句「蝴蝶花邊飛，我去邋鞦韆」忽焉在耳。

這詩句在這當下，竟顯得短暫而悠深了。

【後記】荒言一場

吳鈞堯

《荒言》，跨越八個年頭。

寫〈誕生〉與〈繁花〉時，我尚為奶爸，到了〈半老〉、〈生卒〉，孩子已滾落襁褓，做了小二學童。

約莫六個主題，《荒言》裡。像是家庭、故鄉、人生、青春、社會、生死。這是人，成長、茁壯，然後感到一點點衰竭、覺察生命的可喜跟荒唐時，都要面臨的問題。

有時候會想，人到底多渺小、多巨大？但是，人是神祕的，人無法回答這些疑問，只能夠一杯酒、一杯茶，偶爾再點一根菸，聽生命如何滑動。

這一滑動，軌跡就多了，且，多是不規則、不願妥協。且，多所質疑跟結著一個一個結。當這些變做文章，難免唐突失音，無以入耳了。

而我覺得，我的勇敢是把這些錯落的滑動寫了下來，就這麼地，荒言一場。

本書原三十七篇，經編輯部去蕪存菁、移山倒海，主題魚躍。而以文案點題，寄以意境啟動意境，是否奏效，就難說了。

反正，很多事情，本就難說了。

謝謝林黛嫚女士指正。

劉再復老師經「跟蹤」年餘，終於還是催逼為序，而其懇切跟長者風範，最是難忘，當珍惜建言，再走下一個八年。

【文學 001】

文學公民

郭強生 著

這本書是作者自美返臺這些年，作為一個文學人如何在動靜之間取得平衡，在理想與實務中學習的最真實的紀錄。如果閱讀這本書也能勾起你一種欲望，想回去一個你已經離開的地方，那就是這本書在「做些甚麼」了。

【文學 002】

極限情況

鄭寶娟 著

揮別抒情時代，生命的戲謔、無奈，令人啞然失笑或不見容於世俗的故事，鄭寶娟一一挑戰，不同於以往風味。無論是惡疾、死亡、謀殺、背叛，涉獵的主題或重大或繁瑣，思想視域總是逸出主流意識形態，提供對人生瑣事和尋常生活圖景的全新審視角度。

【文學 003】

鏡中爹

張至璋 著

五十年前的上海碼頭，本書作者的父親與他揮別；五十年後他從澳洲到江南尋父。一張舊照片是他的鏡中爹，一則尋人廣告燃起無窮希望，一通國際電話如同春雷乍驚，一封撕破的信透露幾許私密，五本手跡冊子蘊藏多少玄機。三線佈局，天南地北搜索一名老頭，卻追溯出兩岸五十年離亂史。

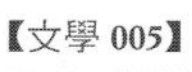
【文學 005】

源氏物語的女性

林水福 著

這是一本將《源氏物語》普及化的讀物。除了介紹《源氏物語》的相關知識外，更細膩刻畫了其中十九位重要的女性，從容貌、言談、舉止到幽微的情感和思緒，讓我們彷彿在觀賞十九幅的女性素描畫像，她們的喜和怒，樂和怨都深深牽動著我們的視線和情緒。

【文學 006】
口袋裡的糖果樹　　楊　明　著

美食和愛情有很多相通之處，從挑選材料、掌握火候到搭配，每一個步驟都必須謹慎，才能得到滿意的結果。相較於料理可以輕易分辨酸甜苦辣，愛情卻常常曖昧不明。《口袋裡的糖果樹》有如一道耐人尋味的料理，悠遊在情愛難以捉摸的國度裡，時而甜時而酸，只有認真品味過的人，才知道箇中滋味。

【傳記 001】
永遠的童話——琦君傳　　宇文正　著

●琦君唯一授權的傳記　●中央副刊書評

知名作家琦君有一個曲折的人生。她的童年，宛如一部引人入勝的童話；她的求學生涯，見證了中國動盪的歲月；她的創作，刻畫了美善的人間。作家宇文正為琦君作傳，從今日淡水溫馨的家，回溯滿溢桂花香的童年……，模擬琦君素淡溫厚之筆，寫出琦君戲劇性的一生。

【科普 001】
生活無處不科學　　潘震澤　著

科學應該是受過教育者的一般素養，而不是某些人專屬的學問；在日常生活中，科學可以是「無所不在，處處都在」的！且看作者如何以其所學，介紹並解釋一般人耳熟能詳的呼吸、進食、生物時鐘、體重控制、糖尿病、藥物濫用等名詞，以及科學家的愛恨情仇，你會發現——生活無處不科學！

【科普 002】
別讓地球再挨撞　　李傑信　著

本書包括了航太科技發展、科技實驗研究的管理制度和人類最尖端的科學探索，作者以在美國航空暨太空總署 (NASA) 總部管理科技研究的經驗，分享他長期深入其境的專業實踐和體會，使得《別讓地球再挨撞》中所談論的天文知識或尖端科技都保留了人的體溫，更讓你一窺浩瀚宇宙中的瑰麗與神奇。

國家圖書館出版品預行編目資料

荒言／吳鈞堯著.——初版一刷.——臺北市：三民，2006

面；　公分.——(世紀文庫:文學007)

ISBN 957-14-4570-3　(平裝)

855　　95010176

© 荒　　言

著作人　吳鈞堯
發行人　劉振強
發行所　三民書局股份有限公司
地址／臺北市復興北路386號
電話／(02)25006600
郵撥／0009998-5
印刷所　三民書局股份有限公司
門市部　復北店／臺北市復興北路386號
重南店／臺北市重慶南路一段61號
初版一刷　2006年6月
編　號　S 856950
基本定價　肆　元
行政院新聞局登記證局版臺業字第〇二〇〇號

ISBN　957-14-4570-3　(平裝)